U0830159

中国当代
原创文学

宫敏捷 著

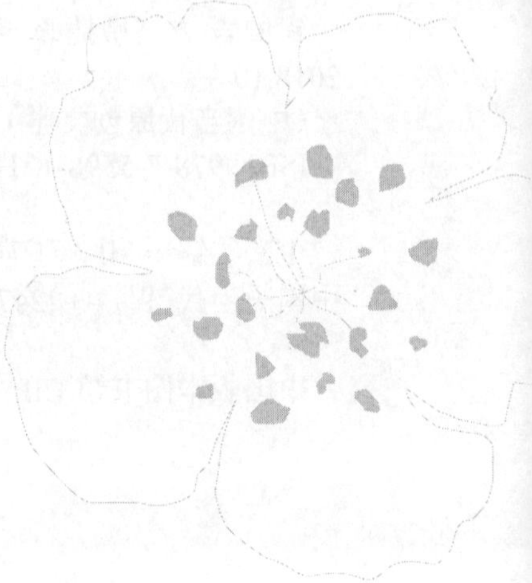

锅圈岩

GUO QUAN YAN

GUANGXI NORMAL UNIVERSITY PRESS
广西师范大学出版社
·桂林·

图书在版编目（CIP）数据

锅圈岩 / 宫敏捷著. —桂林：广西师范大学出版社，2018.10
（中国当代原创文学）
ISBN 978-7-5598-1211-7

Ⅰ. ①锅… Ⅱ. ①宫… Ⅲ. ①短篇小说－小说集－中国－当代 Ⅳ. ①I247.7

中国版本图书馆 CIP 数据核字（2018）第 226692 号

广西师范大学出版社出版发行
（广西桂林市五里店路 9 号　邮政编码：541004
网址：http://www.bbtpress.com）
出版人：张艺兵
全国新华书店经销
桂林日报印刷厂印刷
（广西桂林市八桂路 1 号　邮政编码：541001）
开本：880 mm × 1 240 mm　1/32
印张：7.75　　字数：165 千字
2018 年 10 月第 1 版　　2018 年 10 月第 1 次印刷
定价：38. 00 元

如发现印装质量问题，影响阅读，请与出版社发行部门联系调换。

目 录

锅圈岩

他身材适中，精瘦精瘦的，四肢像钉子钉在一起的木头架子，站在离我几步远的地方。午饭后，我泡一杯茶，拉一把椅子，坐在院子里。院墙外梨树上的知了，应和着山里的知了，一声比一声尖利地叫着。我侧着脑袋，眼睛掠过村外半山上一截灰白的铁路，看向山里。阳光纯净，猛烈，透过云块的间隙，一道一道金光打下来。越是金光照射着的地方，越黑浸浸的。回过头来，王全已经站在院子里了。

王全目光涣散，脸灰灰的。一身明显偏大的旧西服穿在身上，西服是灰白色的。一看便知，他全部家当就剩下这一身衣服了。天天洗了穿，穿了洗，汗浸，日头晒，肩膀、脊背等显露的地方，已经开始褪色。右手肘部，有一个鸡蛋大的颜色近似的补丁，不注意看，真看不出来。他看着我，我也看着他，有那么一阵子，都不说话。心里想，这个鬼人，怎么突然跑我们家来了，干什么呢？嘴里却问道：

“你不认识我吗？”他已经好几年没出现在村子里了。

“认识，”他木讷地说，几乎没有什么表情，“认识的嘛。”

“有什么事情你说啊。”我没好气地说。

“王小举死了。”他说。

“死了？”

“死了。”

王小举是村里一个五保户，矮矮墩墩的，秃头，留山羊胡子。他住在村口，一间泥墙茅草房里。里面够放一张床，支一个锅架，摆一张桌子。多两个人进屋，基本转不开身子。好几年工夫，他和他妻子，就住在那个茅草房里，独门独户的。这还是他二十开外三十不到的时候。

父母在他很小时，死于一场将他们家化为灰烬的火灾。他是吃百家饭长大的。有点力气了，开始去小煤窑挖煤。挣点钱，请几个人，用泥巴给自己夯一所小房子。继续挖煤，又挣到钱了，请人从更为偏远的山里，说一个媳妇。后来，他学会了赌博，掷色子、打麻将、打牌，什么都玩。地还是要种的，他得吃饭。除此，什么都不干，唯一的“生财之道”就是赌博。赢了钱，眉飞色舞的，走路都带风。挽起袖子，胳膊上好几块表（还不起钱的人抵押的）。他老婆跟他一样，也不识字。有人问几点了，他或他老婆把袖子一撸，说，你自己看。只赌钱，还好说，要命的是，他贪杯，一喝醉就打老婆。遇到债主上门，还会大着舌头说：

“要钱没有，要女人有一个，我出去，你们睡一觉，当还钱了。”

他老婆因了这个，才偷偷跟人跑了的。走时，肚子里怀着孩子，是一个女孩。此后，王小举再没找过女人，想找也找不到，一个人继续赌钱喝酒过日子。他在我们村里赌，去外村赌，还会跑到更远的地方赌。十里八乡，没有他不熟悉的。到处跑着，赌着，不小心就把丢失的老婆找着了。她已成了别人的老婆，几个孩子的母亲。王小举能带回来的，只是自己的女儿，七八岁了。有时候，我们十天半月见不着他。等他回来，说不定房顶上的茅草，早被大风吹走了。不过他不在乎，哪儿方便，哪儿将就一晚。女儿回来那一年，才把房子修缮一番。房顶的茅草换一遍，墙壁用报纸糊起来。破被褥一把火烧了，换一套新的。不过也就两三年时间，他又把日子，过成原来的样子。

他不在，女儿一个人，不敢在家住，吃了上顿没下顿的。他若在家，女儿毕竟大了，晚上睡觉不方便。王小举不得已，又把女儿送回她母亲身边，继续一个人过日子。房子再破也不管，眼见着山风把茅草一根一根拔去，暴雨将泥墙一块一块冲走。没多久，地基长满了蒿草，还被几块从山上滚落的巨石占据着，根本看不出曾有人居住过。王小举说，有墙有顶的都是房子，随便找个山洞就行。而他找到的山洞，就在锅圈岩，在我们村子对面的山洼里。算起来，他今年已经七十好几，一个人在锅圈岩，住二三十年了。

像他这样，日子过得没点着落，我们村里，想不明白的，不只一个。他们不问生，也不问死，无欲无求，不吭不声。最为典型的，要数王全。多年来，偶尔会去锅圈岩看王小举一眼的，也是王全。王全需要找一个住处，王小举需要一个伴，还需要一个帮手，一起收割庄稼。王小举身无分文，没人愿意再跟他赌。他已年迈体衰，骨架子里那点力气，只够在土地上刨开一个个口子，为自己种点粮食。

锅圈岩是一个锅圈一样的天坑。云贵高原上，乌蒙山的某一个角落，平地下陷一百多米。四壁陡峭如削，稍有点泥土的地方，长满荆棘、蒿草。掩映着一条隐蔽的很早之前的人们为躲匪患开挖出的挂壁小路，一条进进出出的必经之路。有的地方需借用绳索，才可以上下。天坑四壁，有山泉渗出，个别地方，泉水拇指一般粗，汩汩流淌。泉水冬暖夏凉，甘甜可口。天坑底部，是一个缓坡，锄去植被，种上庄稼，一样能养活人。靠南边，离地一米多高处，有一个天然的溶洞。洞口只容得一个人进出，里面二三十平方米。风吹不着，雨淋不到，比王小举当年那个家，不知好上多少倍。王小举选择这个地方，也是把周围山野的溶洞，比较过一番的。

前几年，他还有点力气爬进爬出时，常会来村里活动活动，找几个关系要好的人聊聊。每一次，都会没来由地说道，等他死后，锅圈岩那个溶洞，要留给王全。似乎这个山洞是有产权的，是属于他的。据他所说，我们村里有几个人，外村也有几个人，都想要那个地方。他答应的，只是王全一个人。王全在他生前，常去陪伴他，还答应，等他死后，给他收尸，把他埋了。他一说，再说，说得多了，几乎就成了事实和共识，而我们全村人都把这事给记下了。听了王全传达的口讯，我问：

“你什么都准备好了？”

“没。”王全说。

“他自己呢，准备了什么东西？”

“不知道，”王全说，“只是穿得抻抻展展的。”

听他口气，似乎说的是今天的天气。不过，我还是能明白他话里的意思。站起身，我四下看看，不知把手里的茶杯，放什么地方才好，随口问他：

“你喝茶不？”

“喝的。”他说着，脸上露出笑意。

我把茶杯递给他，车身出了自家院子，跟附近的邻居招呼一声。他们各自提着种地用的锄头，跟我一起来到院子里，等我也找一样东西——一床席子——抱在手里。大家跟着王全，出了村子，爬过一个缓坡，翻越铁路，向山里走去。有人问王全：

“王小举什么时候死的？”

“昨晚半夜。”王全说。

“你怎么不来喊？”

“怕影响你们睡觉，再说，山里乌漆墨黑的。”

“一早也不来喊？”

“等你们先把活路干完。”

“中午就来了？”

“中午你们该做的事情做完了，饭也吃得差不多了……”

“你个傻鸟，”有人笑骂他，“又不是去埋你，你还怕我们让你管饭？”

王全不答。

“你怎么知道他要死了？”又有人问。

“他托人给我带话的，说他快不行了。”

“他能找到你？”

“我也不知道，我在四区那边，跟着别人修铁路。工地上有个人告诉我，说王小举到处找我，我就赶忙跑回来的。”

这有点不可思议。王小举得准确判断自己的死亡，找一个送信人，准确在一两百里外的四区，按时送达王全耳朵里。更不可思议的是，王小举凭什么知道，王全是在四区一个修建铁路的工地上，而不是这个世界的任何其他地方。王全是我们村里一个神秘得不能再神秘的人物。他的存在与行踪，对全村人来说，也是个秘密。对于他死去多年的老爹，以及至今健在八十多岁的老娘，也是一样。她种土豆、玉米当主食。一个干瘦黑小的老太太，整天包着黑色的头帕，模样几十年没有什么明显变化。偶尔在田间地头遇见了，问一声：

“娘娘（当地称婶婶、婶子、婶娘为娘娘），你家王全还没回来？”

“人早就死了，”娘娘回说，“他哥哥，还回什么来？”

十二岁那年起，王全的父母，已经当他死了；没死，也当没他这个人了。也是自那一年，此生大多数时间里，村里人都很少再见到他的影子。他可以现身这个世界任何地方，就是不跟我们待在村子里。横在村前的那截铁路，每天都有很多趟列车经过。上可去昆明、重庆、成都等大城市；下可去更多地方。来来去去的人们，却不会在我们这儿，停留一下。每一节列车车厢上写着的那些名字，我们村里人，很多都没听说过，更别说去过了。如果有哪一个人例外，那就是王全了。如果你问他，你又不识字，怎么知道去这里去那里，他回说：

“不识字怕什么，问嘛，我又不是哑巴。”

他的理由打小都十分充足。

一至五岁，王全跟着他老爹的犁头捡土豆。六岁那年，跟所有适龄儿童一样，老爹给他五块钱，跟大伙去报名上学。王全没去学校，跑到另一个叫二塘的村镇赶集。用那五块钱，饱尝一碗羊肉粉。剩下的，买一包乌江牌过滤嘴香烟。老爹将他吊在房梁上，一顿痛打。他一边哭一边说，读书有什么用呢？你识字，还不是天天种地熬日子；我哥识字，还不是天天敲铛铛（指骟匠，敲着铃铛，走村串乡，找活干），给牲口割卵蛋。我才不读书呢。不读书你能干什么呢？干什么都行。王全说。

接下来的五年，别人家的孩子是在教室里度过的，王全是在大山里度过的。他们家养了两头牛（母牛和它的崽）和二十多只黑山羊。不读书，这些畜生就归他一人养。王全很负责，提着一把磨得锃光瓦亮的镰刀，兜里揣一袋用盐及其他香料一起调和好的辣椒面。每天一早，学生去学校，他便赶着牛羊，从屋后的小树林直接进山。在山里玩到天黑，学生吃完晚饭，做完作业，他才回来。王全连吃饭都是在山里解决的。庄稼熟时，任你谁家的，掰几个玉米棒子，挖几个土豆，燃一堆火，烧熟，蘸上辣椒面，解决温饱问题。地里没粮食，他捡各种野果，或挖土豆一样大小的山蛋子吃。山蛋子是一种地瓜，红皮白肉，又脆又甜。一根苗，长一条根，一条根上连着长一串子。

他还会设套抓兔子、掏鸟窝。运气好时，还能抓到一只山鸡。日子过得有滋有味，十分快乐，甚至比在学校读书的孩子还快乐。没事时，他也会和读书的孩子一起玩。静静坐一旁，听他们讲学校里发生的各种事情。这些事情，这个讲去，那个讲来，听得多了，大同小异。只有他讲的故事与众不同，且都是跟大山有关的。

我们村子，深藏在气势磅礴的乌蒙山里，建在一座小山上，山下有一条小溪。一次，王全说，他沿着小溪，一直往山里走。密林深处的悬崖上，有一个巨大的像人的嘴巴一样的口子。鲜活的泉水，喷涌而出，白花花的。走近去看，还能通过口子看到，悬崖的石头里，藏着一条大河。是暗河，浪花朵朵，汹涌澎湃。时不时，还会有花花绿绿的大鱼，从口子里蹦出。为什么有时候我们会在小溪里捞到大鱼呢，就是从那个口子跳出来的。孩子们兴奋了，跳着喊着，让王全周末带他们去。王全说不行，一个白头发白胡子的老公公，在那儿守着的，一般人不让靠近。老公公身体很轻，像一朵云，在石头、树梢间飘来飘去，告诫他说，因为有缘，他才会找到那个地方，换着别人，是永远也找不到的。又说，这是天机，如果他执意要带人去，他们全家都会遭殃，甚至我们全村人，都会不得安生，要死人的。若能做到，老公公还会指给他一块埋人的风水宝地。离小溪源头不远处，是一个小洞，站在边上看，深可见底。老公公说，他老爹故去后，若能埋在那儿，他们一家，一定会人丁兴旺，财源广进。

通过孩子们的口，这个故事，传得人人皆知。我们见到王全老爹，会跟他开玩笑。说伯伯，你好福气，你家王全都帮你把阴宅看好了。王全老爹一边摇头，一边叹息。不只他不信，全村人也不信。老爹是在王全四十二岁那一年去世的。王全不让装棺材，用一根麻绳把尸骨捆背在身上，要埋到小时候老公公指给他的风

水宝地。家人竭力反对，

老娘气得想上吊，哥哥和弟弟还因此跟他干了一架。王全没法，听从安排，把老爹放回棺材，跪下磕三个响头，骂骂咧咧地走了。在哥哥、弟弟眼里，王全是怕跟他们一起承担丧葬费，才闹这么一出的。还记得这个故事的人们，看王全那个认真劲头，心里难免嘀咕，难道，他说的是真的？小溪的源头，真是这样子的？不过，大家也只是想想，不会有人当真；似高天上的流云，在山野间飘过一道暗影。

这么多年来，王全说过的故事，哪一个是真的呢，没一个人知道。唯一能求证的，是他十二岁那年所讲的。事实证明，要么是他傻了，要么是我们傻了。或者说，我们本来不傻，听完故事，也跟着他变傻了。十二岁的年纪，对村里人来说，完全是个大人。有劳力，有脚力，也有胆魄做任何事情。十二岁之前，王全在山里放牧牛羊，还算是为家里做点事情；十二岁后，他什么事也不做，开启了另一种生活模式。村里人要想见到他，可真就难了。

那一年的某一天，天黑之后，他放进山里的牛羊，循着村路，慢慢陆续回到圈里。王全始终不见人影，晚上睡觉，还是不见。山里的孩子，野，贪玩，是常有的事，大人并未放在心上。第二天一早，又扛着锄头下地干活。中午回来，牛羊还在圈里，没人放，饿得嗷嗷叫，这才觉得不正常。于是扯开嗓子，大声呼喊起来。王全老爹一喊，老娘也跟着喊。他们家住村子最高处，嗓子一开，王全的名字跟着悠悠白云，在村子上空飘荡。中午喊一阵，没人回应，也管不了那么多，匆匆给自己和牛羊弄点午饭，吃了，又继续下地干活。晚上回来，还是不见王全影子，一家人才着急起来。分头发动村里人，帮忙寻找。

山里见不着猛兽，要有，也是几十年前，大家一起饿肚子时，吃得根根苗苗都不剩了。一个大活人若不见了，要么掉哪一道悬崖下摔死了，要么掉哪一口溶洞里不摔死也饿死了。想着这些，全村人把每一个王全可能去过并且能要了他老命的地方找上一遍，一连找三天，晚上也不停息。村里哪一个人莫名其妙不见了，都是这么找的。干粮自备，主家供酒，供烟。酒是自酿的苞谷酒，烟另有讲究，有钱拿纸烟，没钱抽旱烟。一个小组拿一条或一捆，提一壶酒，分头往山里走。这是尽人事，实在找不到，谁家丢的人，谁家自己找去，或者，自认倒霉。

最后一天，不管是否找着，还得管一顿饭。有羊杀羊，没羊宰鸡，继续喝自酿的苞谷酒。王全当骟匠的哥哥，把王全放牧的最肥的一只山羊杀了，连皮带肉熬一大锅，犒劳村里人。吃得正香，王全回来了，跟日常放牧回来一样，从屋后小树林里突然冒出来。莫名其妙看着一大帮人，在他们家海吃山喝。他老爹可不是省油的灯，薅着他头发，拖到房梁下，用麻绳捆着吊起来，又是一顿好打。打完问他去哪儿了。他哭着说，去大河边了。他们家在二塘河谷有亲戚，是他小爹（小姑），他去小爹家玩了。老爹思前想后，越想越气，打完也不放王全下来。让他在房梁上吊了三天，吃喝拉撒都吊着解决。三天之后，王全下了房梁，又开始在村里晃悠，给很多人讲述一个关于钢钵的故事。

王全告诉小伙伴们，小爹家可好玩了，不想回来。想多跟小姑爹磨叽几天，让小姑爹同意把他们家的一个钢钵，借回来玩。小姑爹不同意，说一个破碗，你们家又不是没有。

“那个钢钵会唱歌，可好听了。”王全说，“钢钵放在一个木匣子上，会自动唱歌。”这么说着，王全还吊着嗓子给小伙伴们学上一句：“边疆的泉水，清又清……”

小伙伴们不想听唱歌，巴巴看着他，催他讲碗的事。

“没有了，就是这样，我过一阵子还去。找机会，把那个钢钵和木匣子偷了。”王全说。

王全小爹来村子走亲戚，好奇一问，这才知道，哪有什么钢钵会唱歌呢，是钢钵放在收音机上，唱歌的是收音机。很老旧那种，苏联生产的。小姑爹家的收音机，连着村里每一户人家的小喇叭，每天都要打开，让村民们学习文件精神。学习完了，也会用唱片放一些歌曲。这样的东西，我们村里至今还没有安装过，很多人一开始，真被王全忽悠了。恼火起来，也想跟他老爹一样，狠狠揍他一顿。尽管我们知道，挨打这种事，对王全来说，一点用也没有。

后来那几天，他继续在村里晃悠，继续在山里放牛，放羊。随后，王全又在村里消失了。一样是天黑之后，让牛羊从山里循着路径自己回来，而他并不是像他之前所说的那样，去小姑爹家偷会唱歌的钢钵和木匣子；他去了二塘河谷下游，一个更远的地方了。人不见了，老爹没叫没喊，没再发动大家一起寻找。烧几个土豆背着，带上一瓶苞谷酒，一门一门亲戚家找去，在王全外嫁的姐姐家，把他逮着。当着姐姐姐夫一家的面，暴打王全一顿——王全回来后，对此矢口否认——自己先回来了。估计姐姐求的情，老爹让王全在姐姐家多住了一阵。外嫁到二塘河谷的，还有王全的二姐和三姐。大姐、二姐两家住同一个村，三姐又离她们两家几十公里，姐姐带着他坐中巴车去的。王全的几个姐姐出嫁后，他第一次去做客，玩了大半个月。三姐家附近有一个钢铁厂，三线建设时就有了的，十几根烟囱在围墙内拔地而起，直入云霄。就是这些烟囱，给了王全无尽的想象。这一次，他没带回来任何故事，只是笃定对我们说：

“人家那些地方，跟我们不一样。”

“哪里不一样了？烟囱粗一点长一点嘛。”我们说。

“就是不一样，你们知道的，”王全说，“以后我一定要到处都去看看。”

王全想去的是我们山村之外的任何地方，至于哪里不一样，王全说不出一个所以然来。从王全说话的语气、神情，尤其是他眼里清亮的那一抹光华，我们看得出来，他说的是真的，他一定会这样做的。从那一次起，或者说此后的几年里，王全不再放牛，放羊，也不再下地干一天农活。村里如他这么大的孩子，上学的继续上学，不上学的，已经开始准备娶妻生子。他甩着两只大脚板，周而复始从村里消失。脚步越走越远，离家时间也越来越长。把方圆几十里的所有亲戚家走一遍，又去我们的县城威宁，还去周边云南所属的宣威、昭通、赫章等地，也去过比较大的城市，如六盘水。

每一次，王全都从不同地方，穿着不同款式，且都光鲜亮丽的衣服回来。夹克，皮风衣，还有他最喜欢穿的那种灰扑扑的西服。头发油光光的，又粗又黑，丝丝可见。似乎我们只要耐心一点，趁着一起聊天的时间，就能给他数过来。他很有派头，谈吐懂得控制情绪，抽烟懂得控制节奏，用手夹着，小口小口地吸。每一口烟气，都要深沉地吹出，再轻轻挥一挥手，让烟气慢慢散去。尤其他掏出钱包，给围着他的人买酒喝，买烟抽，顺便把他老爹买茶米油盐赊欠的款项，一次性付清时，没有一个人会怀疑，王全就要出人头地了，很快就要发迹，成为村里响当当的人物了。通过他讲述的一些事情，慢慢分析，我们又发现，他的这一天，永远不会到来。他还是爹妈心里那个，无着无落、不干实事不靠谱、让人了无指望的王全。

他告诉我们，大城市里到处有人放音乐，可好听了。道路又宽又平，铺着水泥。楼房比天还高，叫摩天大楼。汽车乌泱泱的，嗵嗵放屁，满街乱跑。城里的人们，男女都留长发。男人穿喇叭裤、高跟鞋。女人大多穿裙子，花花绿绿的，又薄，又透，又露，看都看不过来。

“还有，城里女人的这里，”王全说着，指了指自己的胸部，“都用一个丝丝带带的东西兜着……”

“肚兜嘛……”一个人抢着说。

“你懂个屁，”王全说，“要是肚兜，我还说它干什么。”

“那是什么？”

“我也不知道，”王全说，“每次去城里，我都不想回来了。”

“那你还回来干什么？”我们问。

“待久了，城里也没意思，无聊得很。”

“我要去了，就不回来了。下次你带我去吧？”

“可以。”

“问题是，去吃什么呢？”

“找着什么吃什么。”

“我是说，至少得找个像样的事情做吧，我们都没什么文化的。”

“你这是还没出门就瞎操心，”王全指指天，我们跟着看，天上什么都没有，他还是说，“那些鸟，你看它们识字吗，什么时候饿死过了？”

“那倒也是，”有人附和说，“那我下次跟你去看看，至少见识一下你说的那个东西，也好。”说着，也指了指自己的胸部。

“没关系的，”王全说，“你要不去，我带回来给你们看也可以。”

“这也可以？”

王全点了点头。

王全没食言，过半个多月，他果真又从城里回来了。没人发现他具体几点回来。第二天中午，王全出现在他家门前的院坝上，笑眯眯抽着烟。招呼每一个路过的人，去家里看他带回来的东西。很快，王全从城里带回衣服来低价销售的消息，在村子里传开。人们汹涌而来，把王全家里挤得水泄不通。王全床上，摊着一堆衣服，男人穿的，女人穿的，孩子穿的，都有。他说是帮朋友忙，搞换季促销。对于一件衣服一年穿到头的我们，是不明白什么叫换季促销的，只觉得衣服好看、便宜。王全说，二十块一件，随便拿。有人想讲价，还没讲出个结果，衣服被人抢了去。有钱没钱，先把自己喜欢的衣服拿在手里。乡里乡亲的，先欠着，大不了回家挑一担土豆玉米，给王全老娘。衣服一抢而光，王全又从床下拖出一个蛇皮袋子，打开，抖一堆衣物在床上。告诉大家，喜欢的也随便拿。好多人抢在手里，各种比画，也不会穿，尽是些颜色不一形状类似的布块子。王全说，这是女人专用的，男人不要碰，二十块一件。话一说完，男人女人都把抢在手里的东西丢下，火烫着一般，红着脸赶忙走开。不过，很多人离开王全家前，会把王全叫到一边，耳语几句，让王全别卖完了，记得给她留一件。一到家，女人们赶忙打发男人回来，给自己买回去。有的人，大小不合适，来回换。那一晚，整个村子都骚动不安，甚至有人，彻夜难眠。

此后的日子，王全回村的次数相对频繁一些，且一次比一次轰动。他带回来的不再是故事，而是越来越稀奇、越来越贵重的物件。数量都不多，比如自行车、收音机、录音机、电视机等。自行车有人要，录音机也有人要。收音机就不行，大山里，没有信号。电视机更不用说了，不只没信号，村里连电都没有。王全一拍脑袋，说：

“妈的，我把这事给忘了。”

“用电池可以吧？”有人提议。

“我也不知道。”

跟着王全，鼓捣半天，谁也不明白这东西，怎么使用。只弄懂一件事，电视机的牌子叫日立，日本人生产的。

“你去日本了？”有人问。

“没有，正计划着去的，就是钱不够。”

“你都去过哪些地方？”

“成都、重庆、昆明去过，还去过北京、天津、上海。”

“你去过北京啊，”问话的人吃惊得张大嘴巴，“那你不是看到天安门和毛主席了。”

“天安门见过，毛主席没有。他又不是谁想见就能见的。”

王全用一个蛇皮袋把电视机装起来。说要去二塘河谷的三姐家，她们那儿有电，可以看电视。这是唯一一次，他提前告知我们，并明确了去向的。这一去，两三年都不见回来。还以为他是找到钱，漂洋过海去日本，喜欢上那地方，不回来了。他离开两三个月时，三个外地人来村里找过他。这里走走，那里看看，还去到王全家，跟他老爹老娘见过面。他们走后，有人好奇地问王全老爹，那些人是来干什么的。他很恼火，说我哪里知道，问一些奇奇怪怪的问题就走了。又过了两三个月，才有消息传出。说那些人是公安，是来找王全了解事情的。究竟什么事情，打听不到，大家随便乱猜。村里的风言风语多起来，说王全带回来的东西，来历不明，从他手里买过东西的都得小心了，别被牵连进去。

也有人替王全说话，觉得这不太可能。王全曾说过，犯点小错可以，犯法的事情是绝对不会干的。那还是他刚开始频繁往城市跑的时候。一次回来，酒喝多了，跟他觉得要好的人私密说过。一次，找不到事做，吃不上饭，饿得实在受不了，抢过别人一个西瓜。夏天，大晚上的，是一个路边摊。他说，趁着其他人问价，扯开架子，使着性子，抱着一个西瓜就跑。跑过一个街区又一个街区，拿出在山里放牛放羊的劲，跑得连一个人影子都见不着，才停下来。有三天时间，他都是靠着那个西瓜过日子的。还有一次，他跟在城里认识的朋友，大家去餐馆吃饭。找一个离门较近的位置，吃饱喝足了，各自朝一头，也是疯一样地狂跑。抓住谁，就算谁，先吃饱肚子再说。

听了这些，我们似乎想明白一些事情，又不能确信。心里想着，如果他回来，一定要旁敲侧击地问问。只是这一次，王全去得也太久了。每个人都有自己的日子要过，是不会把这样的事情惦记太久的。在我们都快把事忘却时，王全又回来了。跟以前一样，穿得周周正正的，抽烟的样子也还那么有派头。几个人在他们家火塘边，跟他聊天。说几年前，曾有三个外地人来村里找过他。王全说是之前一起做生意的朋友，是他在外面结交的哥们，话题一下带了过去。这几人离开时，从王全家里带走的，不是什么稀罕物件，也不是什么神奇故事，是一个让大家都料想不到的消息：王全要结婚了。

王全当着全家人的面，把这事说了，老爹自然不信，问他：

“什么时候结？”

“随时都可以，只差一个住的地方了。”

“跟谁结？”

“这你别管，反正我会给你带一个儿媳妇回来。”

说着，王全给他爹五百大元。让他买点石头，挨着自家现在的墙壁，给自己修一个偏房。老爹接过钱，装口袋里，对王全所说的话，将信将疑。

“不信？不信你去问王小举，他做的媒。”王全说。

那时，王小举已经搬到锅圈岩去住了。王全老爹第二天一早，真去找王小举，一问，还真有这么回事。在四区，有人欠王小举两千元赌债，还不起。正好，王全找到王小举，说他走过的地方多，有机会的话，帮他说个媳妇。王小举告诉王全，你把这两千元交给欠我赌债的人，当作彩礼，他就把女儿嫁给你。他收到钱后，又把这两千元给我，当还赌债，你看怎么样。王全答应了，王小举把他带到四区，两边撮合，三家对六面一说，对方也愿意。真是各取所需，一举三得。王全老爹更是满心欢喜，带着王全大哥、小弟，又请几个亲戚帮忙，不出一个月，把偏房建起来。屋顶没打水泥，盖的是青青的瓦片，看着挺漂亮的。王全说到做到，房子建好后，又给他老娘一点钱，让她帮忙买一张床，再添置些床上用品。他一个人走路去四区，没几天，真把媳妇带了回来。

媳妇叫刘银银，有点瘦小，却很丰满。一看就是生了孩子，永远都不会担心没奶水吃的那种。她说不上多漂亮，可皮肤很白，还梳一条大麻花辫子。走起路来，辫子在屁股上一颠一颠的。不只是可爱，还很迷人。她从路上走过，许多人会呆呆盯着看，一面开始想入非非。

王全没摆酒席，什么都没做，天天在家里守着刘银银，门也懒得出。他小爹、三个姐姐，还有其他亲戚听说了，买上一些礼物，送到家里来祝贺。王全买几只鸡，杀了，款待大家。一大家子和几个去凑热闹的村里人，吃了顿饭，算是结婚了。

结了婚的王全，似乎跟以前不一样。老老实实待在家里，跟老婆出双入对，一起赶集，一起走亲戚。还扛着锄头，跟着一家人下地干活。下到地里，王全找一个阴凉的地方，睡大头觉。这也算是安安心心在家里过日子了，村里人，包括他老爹老娘，对王全什么时候有过指望的话，也就是他结婚的这段日子。只是大家的希望，很快又破灭了。老人们常说，年轻人闹一闹，跳一跳，不怕。等他大一点，结婚了，就好了。男人嘛，只有找个女人管着，什么事都没。这话用在王全身上，一点都不灵光。他跟刘银银在一起，黏糊不到三个月，又跑了。我们以为，他应该会告诉刘银银自己去了什么地方，干什么去了。一问，她也不知道。面对一个不着家的男人，她从来就没弄明白，这一切都是怎么回事。王全呢，生活中多了一个老婆，日子还是原来的日子。婚后一年，他还会三两月回来看一眼，每次都跟刘银银大吵一架，又气急败坏跑出去。在外面浪更长时间，才找着家门。这样下去，结局可想而知。他小爹，三个姐姐，回来劝过，一点用都没。问王全：

“你这样跑来跑去的，有什么意思？”

“我也不知道。”王全说。

“在家里守着老婆孩子，踏踏实实过日子，有什么不好的？”

“守着他们过日子，就有意思了？”

“那你说吧，你这样，为的是什么？”

“什么也不为，我就想到处去看看。”

“跑了这么多年，你还没看够？”

“我都还没去过日本呢，去了日本，我还想去美国。”

“怕你跑到后来，什么都没有了，傻孩子。”小爹语重心长地说。

王全想要拥有过什么吗，好像没有，要有我们也不知道。谁劝他都没用，还是跑，越劝越跑，离家的时间也越来越长。从三五个月到一年半载，儿子出生，都没回来，也没送孩子上过一天学。最长的一次，五年不回一次家门。后来，小爹说他：“不是我老说你，儿子都十几岁了，你说，你认真带过几天？”

“要什么带啊？”王全显得有些吃惊，“丢到山里，不也一样能长大。”

“呸……”小爹说，“这是做爹的讲出来的话吗？”

“我还给他挣下一间瓦房呢……”王全嗫嚅一句。

小爹不说话，从地上捡起一块石头，王全拔腿就跑。

他依然会带这样的东西、那样的故事回到村里。慢慢地，自己也发觉，这么多年过去了，村里外出求学的，做生意的越来越多。很多人，比他去过的地方还要多，还要远。带回来的东西，连他这个常年在外跑的人，也没看过，甚至都没听说过。王全不以为然，还是跑，似乎永远不会停息。或许，他对许多事情的想法，跟我们不一样。他在追求着一种，我们山里人，无法理解的东西。害苦了的，是年纪轻轻的小媳妇，刘银银。不过还好，她早已在王全某一次离家时，前后脚跟着，也消失在外面的世界里。

刘银银的离去，村里人有不同的说法。有的说，刘银银还小，不想守活寡，就走了。也有人说，她不想走，丢不下自己的儿子，是王全的老爹劝她走的，他觉得自己的儿子实在不像话，当他死了算了。刘银银还有自己的日子要过，不要在王全身上给耽误了。还有一种说法，说刘银银是王全一家人逼走的，不走都不行。王全不在家的第二年，她就开始不正经了，跟村里好多男人都好过。扛锄头出门的是她，种地的却是别人。曾有放学后下地割猪草的孩子，看到她与男人在地里，用黄豆叶垫着，做羞羞事。她要不走，流言蜚语甚嚣尘上，王全一家人都没脸过日子。只不过，她走得比王全还彻底，永不归家，也不会让任何人找着。

刘银银老爹还带人来，找王全老爹要人。两亲家没见过几次面，刚刚建立点感情，又撕破脸皮，吵得什么都没了。王小举更倒霉，被刘银银老爹带人追到锅圈岩，痛打一顿。说女儿是他做媒嫁过来的，人失踪了，也要负责找回去，不然，要他的老命。只可惜，不要他们来打，王小举自己死了。如果要找一个人负责的话，这个世界上，最应该负责的，是王全。

走到锅圈岩时，还有人问他：

“王全，刘银银走后，你自己找过没？”

“没有。”

“你知道她在什么地方吗？”

“不知道。”

“她还是你老婆呢，你们又没离婚。”

“少说话，”王全说，“小心脚下，别摔死你。”

絮絮叨叨说着，大家手脚并用，下到岩下。留四个人在外面，在王小举日常耕种的玉米地里，找一个适合的地方，给他挖一个墓穴，其他人径直去他死去的溶洞里。跟我们想象的不一样，溶洞并非黑黢黢的，它甚至比王小举之前那所泥土茅草房，更漂亮。这些年里，除天面还剩一小部分，其他地方的岩石，已被王小举用细密编织的稻草席子，遮挡起来。如果再给他几个月时间，他就能在溶洞里，为自己建一所宽敞雅致的稻草房子。草席在柴火的映照下，散发出黄色的反光，还有淡淡的稻草香。火焰在草席上跳动，也在王小举直挺挺的尸骨上跳动。

王小举如王全所说，穿得周周正正的。身上是五层青布衣服，头上戴一顶也是青布的瓜皮帽，安安静静躺在床上。身下垫着看不出颜色的毯子，毯子下是两张合在一起的稻草席子，看着挺软和的。死去时间过长，脸上爬满尸斑，嘴巴也微微张着，下巴颏上的山羊胡子坚硬地抻展着。

几个人分头行动，在溶洞的各个旮旯找寻。从一个上了锁的木箱子里，发现了他为自己的死亡备下的香烛、纸钱、清油，还有一张自己十年前照好的遗像。在一条不太深的，用一道小门封堵住的隧道里，发现了他用原木给自己做的棺材。材质大都不一样，每一根都手膀子那么粗。是他从山里砍回来，丢到锅圈岩下，一根一根拖回洞里，用斧头连砍带削，弄得平直合缝了，用钉子钉到一起的。有槽，有盖，大小适中，有模有样。

“你的席子白带了。”王全还说我。

我们先把这些东西拿出去，放在行将为他挖好的墓穴边，又回来，把他的尸体搬出去，让王小举躺在自己准备好的棺材板上，让山风最后一次，轻轻吹拂着他的山羊胡子。一边儿看着我们动手给他修整墓穴。还不够深，王全跳下去，又用锄头使劲刨一阵。眼见着能够埋下他的棺材，还能往上填两尺土了，才出来。出来了，又跳进去，他说四边没修齐整，不好看。他忙活这些时，其他人分工协作，有人数着王小举的生辰八字，往棺材里一层一层垫纸钱。有人回到洞里，拿一个他吃饭的碗，在棺材下，为他用清油点一盏过桥灯。怕他在奈何桥上，看不清，乱走乱撞，跌落水里。我们也没忘给他多烧点纸钱，让他多点盘缠，各处打点。

还有一个人忙着燃一堆火，给我们烧茶水喝，烧土豆吃。他说，王小举的嘴巴一直张着，去到下面，怕要遭罪。我们明白，他说的还有其他意思，让他赶快想点办法。他先用手扳，王小举早死透了，扳不过来。骂王全，说他当时守在身边，早该帮王小举把嘴合拢的，简直是个猪脑子。又找来口小铁锅，烧开水，烫了热毛巾去敷，还是不行。不得已，捡一张纸钱，盖在王小举嘴上。纸很容易被风吹走，他又捡一个烧熟的土豆，黑黑的，堵在王小举嘴上。看着，就像王小举还没死，正在跟我们分享晚餐一样。

一切准备好了，这才把王小举放进棺材里。懂点行的，嘴里默默念几句经文，合力把棺材抬到王全修整好的墓穴里。仪式从简，该有的规矩还是有的，与王小举八字相冲的人，暂时回避。王全要懂这些，他一个人挖一个坑，早把王小举给埋了。大家都不说话，默默做着事情，这也是规矩。话落在泥土里，一起埋了，就收不回来了。眼见着地上挖开的口子填平了，一会儿还隆起一个土堆来，土堆上种着一窝其他地方挖来的狗尾巴草，王小举彻底消失了。天已擦黑，收拾东西往回走时，王全一个人还在忙着。

他晚上住这里，把王小举的床垫被褥，拖到他坟前，一把火烧了，完成最后一道仪式。看着他忙得满头大汗，有人问：

“王全，要我们帮忙不？”

“不要了，”他说，“剩下的我自己来。”

“现在，你埋王小举，以后谁来埋你？”有一个人跟他开玩笑说，“你儿子吗？”

“我不用麻烦大家，我谁都不需要，”王全一本正经地说，“我自己有办法。”

我们知道，他说的是小溪源头，那个洞。他穿好衣服，往里面一躺，什么问题都解决了。

从四区到四梨树

三个黑点，出现在对面山梁，绕着蜿蜒的羊肠小道，往山下走来。

午后，太阳从厚重的乌云后面探出头来。吕小琴下一碗面条吃完，来到屋子外面，挨着悬崖的地方，找一块几乎凌空的石板坐着，没事这里看看，那里瞧瞧。她盯着看一会儿，直到听见空气中传来“叮叮叮”的铜铃声，眼睛又有些生疼，才起身回到家里。端一搪瓷缸子温水慢慢喝着，又坐回到悬崖边的石板上，继续把目光对准山梁上的三个黑点。他们已经下到山底，过了峡谷，开始翻越这一边的山梁。铜铃声经山谷的回荡，越发地清脆，悦耳，灵动。吕小琴不动声色地听着，直到那三个黑点——两头驴子和一个中年男人，跟在几个下地回来的村民身后，伴着“嘚嘚”的蹄声，从屋子不远处的一个垭口上翻出来。

驴子一公一母，都只有男人一半高，各驮着两大箩筐东西。走在前面的一头全身乌漆墨黑，后面一头全身大部分地方的毛色黄里泛白，唯右胯是全白的。两头驴子身条颀长，肌肉紧致、皮实，竖起的大耳朵一闪一闪的。每走几步，后面那头驴子的尾巴间或甩动一下，抽打在它身后的男人身上。男人天生小儿麻痹，左腿从膝盖处九十度弯曲，比原有的身高，矮下去一截。他每走一步，几乎是靠甩动右腿产生的力量去带动的。他脸颊狭长，下巴颏也尖尖的，留着一小撮粗硬的胡子。穿一套蓝色的的确良衣服，里面套一件灰色的毛衣。毛衣的袖子比衣服还长，龇出来一大截。天上挂着太阳，但山里风大，并无多少暖意，或许是故意的，男人用长出来的毛衣袖子，把两只手紧紧裹住。

翻出垭口，男人发现一个女人坐在悬崖边，一块悬空的石板上，眼巴巴地看着他。他回看了一眼，发现吕小琴的眼里，一股热热的风吹过来。男人脸红了，有些慌乱和不安，赶忙低下头，紧跑几步，赶到两头驴子面前。他用极快的速度挽起毛衣袖子，同时紧紧抓住前面那头驴子的缰绳，让它们和自己，一起一动不动站在吕小琴家的茅草屋面前。又有几个村民从身后走来，似乎迟疑了一下，男人这才开口说：

“大嫂，跟你讨口水喝吧！”

吕小琴滑下石板，裹紧身上的衣服，遮住微微隆起的小腹，端着她的搪瓷缸子，朝着男人和驴子，不紧不慢地走去。她在离男人和驴子一两尺的地方停下来，顺手把剩下的大半缸水，递给男人。男人接过水缸，不看吕小琴，而是看着吕小琴家的茅草屋的大门，咕咚咕咚把水全喝完。又说：

“我想找一个地方补锅，不知道村里，什么地方适合？”

“前面，”吕小琴略作沉思，用手指了一下，说，“刘明德家的院子宽敞，人也多。”

“你家要补锅吗？”

“要的。”

男人说完话，又走到后面，赶着两头驴子，用比之前慢许多的步伐，朝着村子中央走去。经过吕小琴家，等于进了村子，往里几百米，又是紧挨着的几户人家，掩映在几棵巨大的梨树下。几个年少的孩子，有的或许昨天在乡场上，看到了这个男人和他的驴子，跟着他一边往村子深处跑，一边反复唱道：

“马生驴，猪生象，猫儿生个补锅匠。”

“……”

“去，”补锅匠说，“去，去，去。”

声音里有一种生硬又逗趣的东西，触动了吕小琴，她扑哧一声笑出来。

昨天的乡场上，吕小琴就看到过这个男人和他的毛驴。她是和村里黄小满的母亲王银仙一起去的。王银仙是村里的裁缝，给活人做衣服，也给死人做寿衣。村里刘小亮的父亲刘明德要死了。刘小亮给王银仙一些钱，让她帮忙买点棉布，给他父亲做几套寿服。王银仙拉着吕小琴一起来，给刘明德买完布料，自己又看上一块水红的棉布，也买了几尺。

“这么红，做给谁穿？”吕小琴问。

“我自己。”王银仙笑着，拉起布料，在吕小琴身上比画。

“老来俏。”吕小琴说。

“那是，”王银仙说，“要过年了，穿着也喜庆。”

“也是……”吕小琴说。

挨近场坝的路口上，许多人围在一起，不知看什么热闹。吕小琴拉着王银仙跟过去，就看到了他，一个补锅匠，坐在人群中，正替人补锅。他一只手拉风箱，风箱“扑通、扑通”地响，把炉子里焦炭发出来的蓝幽幽的火苗吹出来，又吸回去；另一只手提着一个大铁钳子，不时往炉火里戳一下。众人注视下，一块乌黑的生铁，在炉子上的一个小铁罐中，慢慢熔化，变成一汪泛着白光的铁水。有人问：

“罐子是铁的，铁片也是铁的，为什么铁片化了，铁罐子却不化？”

“他们的硬度不一样。”补锅匠说。

“不都是铁吗？”

“我也不知道。”

“可惜了，”王银仙说，“早知道把我们家煮猪食的破铁锅拿来补一下。”

“你家哪个村的？”补锅匠的眼神扫过王银仙的脸，又扫过吕小琴的脸。

“四梨树村。”王银仙说。

“村里多少户人家？”补锅匠又问。眼神还是落在吕小琴的脸上。

“百来户吧，”王银仙说，“大大小小的。”

“那我明天去，”补锅匠说，“我还会导铝锅呢，新的。”

“怎么导？”有人抢在王银仙之前问。

“到时候你们就知道了。”这回，补锅匠是看着王银仙说的。很快，眼神又飘出人群，瞟一眼不远处的草地上，正埋头啃草的两头驴子。其中一头吃几口，打一下响鼻，喷出两股白花花的热气。

吕小琴跟随补锅匠的眼神一起去看驴子。她喜欢驴子，她们家以前就养过两头驴子，一老一少，属母女关系。

吕小琴从小和驴子打交道，她能通过牙口，判断一头驴子的好坏，身体是否健康，犁地是否有劲。还能通过身高与体长的比例，判断一头驴子的脚力。在她眼里，补锅匠的驴子，无疑是两头好驴子，与他们家当年养的老母驴比起来，也毫不逊色。看着补锅匠和他的驴子渐渐往村子深处走去，又想着这些，吕小琴眼里，很快升腾起一层白白的雾气。

自打由四区嫁到四梨树村，七八年过去了，吕小琴最惦记的，便是弟弟，和她之前养过的两头驴子。她给男人王小举提过几次，想把其中一头驴子，带到四梨树村来。王小举说可以，你有那个本事，养什么都可以。她自己没钱，王小举也不会给她钱，专门为驴子砌一个圈。吕小琴想得出了神，直到补锅匠和他的驴子消失了踪影，连铜铃声也听不见，才缓过来，脸上又微微一笑，笑自己已经傻了，刚才都忘记找补锅匠要回来喝水的搪瓷缸子了。

事已至此，吕小琴也不急于一时。她回到家里，洒水扫地，还把床上多日没洗的被褥撤下来，换上一套新的。她正犹豫着，是趁着日头把换下来的被褥洗干净晾起来，还是去找补锅匠要回自家的搪瓷缸时，听到有人在外面，“小琴，小琴”地叫。听声音，吕小琴知道，是昨天跟她一起去赶乡场的王银仙。推门出去，吕小琴看到王银仙扛着一把锄头，站在刚才补锅匠和他的驴子站过的地方，气喘吁吁地问：

“你今天过去看了吗？”

“没看，”吕小琴说，“天气好，忙着洗衣服。”

“我从昨晚忙到今天早上。”

“给刘明德做衣服？”

“嗯，累得我腰都直不起来。”

“那还下地干活？”

“我不做没人做啊。”

“进来坐一下吧。”

“回去了，衣服还有些边边角角没收，我得赶快做好，给刘小亮送去。要不，一起去看看吧？”

“你先去吧，”吕小琴说，“我还有几件衣服没洗，还想里里外外都收拾一下。”

“你这是决定了？”

“我也不知道。”吕小琴说。

“回头再说吧，”王银仙说，“我先回去了。”

王银仙刚从地里回来，她身体不好，不能背东西。如果没错的话，吕小琴知道，稍过一会儿，她的男人黄风云便会背着一背篓土豆，吭哧吭哧从垭口上翻过来。黄风云擅长酿酒，他只有在王银仙忙不过来时，帮忙干一点活。村里数他的酒酿得最好，他跟人家说，他是从云南宣威学来的一些快要失传了的土办法。听了吕小琴的话，王银仙又扛着锄头，往前走去。他们家住村子中间，在刘明德家边上，吕小琴去与不去，她都得从那条路走回去。她没走几步，吕小琴又告诉她，补锅匠来村里了。

“来多久了？”王银仙回头问。

“一两个小时。”

“那就好，我还要请他导一口铝锅呢。”王银仙往前走几步，又回头说，“小琴，你待会儿过来的话，去我家里一下，我找你还有事情。”

“现在说啊。”

“来了再说。”

吕小琴最终还是忍住了，没去找补锅匠要搪瓷缸子，也没去看望刘明德，更没去王银仙家里。她趁着天光，继续把换下来的被褥和几套丢在床头十几天的王小举的脏衣服一起洗了，晾晒在窗外的屋檐下。又去附近的山上，把最后剩下的一点土豆挖完，分两次背回来。一个人忙进忙出，很晚了才坐下来休息。王小举不在家，他又跑出去赌钱四五天了。根据惯例，不管赢钱还是输钱，还得再过十天半月才会回来。也没其他人来串门，吕小琴在火塘的炭灰中刨出几个熟土豆，剥皮吃下去，用碗喝几口温水便睡下了。她翻来滚去，好不容易才眯着，又被风给吵醒了。

山里风大，呼呼地吹，带着哨声，像几十万人，跟着号令，耍一把大旗，在村子上空跑来跑去。风是从峡谷里蹿出来的，经过她的门前，上升到村外的山坳里，卷起地面的枯叶，又朝村子中心扫荡过去，周而复始。最后，连自己都迷失了路径，找不到方向，一阵子满地乱吹。“明天，又见不着太阳了。”早晚温差大，又想着这些，盖着两层被子，吕小琴都觉得身子一阵阵发冷。她紧紧被子，躺平身子，眼睛盯着茅草屋顶的某一处，在黑暗中，出了好长时间的神，直到窗外露出淡淡的天光，又才渐渐有了困意。

次日的天气，跟吕小琴料想的一样。风继续吹，吹走太阳，吹来了更多的乌云，堆积在村子上空，吸走大地积存的最后一丝暖意。她睡得晚，起得也晚，直到中午时分，才洗漱一番，随便吃点东西，把家里之前炒菜用的一口破锅提着，走出家门，一路朝村子中心走去。远远地，吕小琴看到刘明德家院坝里，飘散出一阵一阵的烟雾。她以为刘明德已经死了，村里人赶到他家，正在忙着为他料理后事。走近了看，烟雾原来是从补锅匠的炉子里发出来。

刘明德的大儿子刘小亮，答应补锅匠要求，让他在院坝西北角的一棵梨树下，用红砖砌一个两尺高的炉子，给村里人补锅。条件是补锅匠得把他们家的几口破锅给补好。刘小亮还说，一日三餐，他可以为补锅匠管饭，如果补锅匠为他导一口洗脸用的铝锅的话。补锅匠没答应，一口铝锅，市场上要一二十块钱。他说，自己翻山越岭地跑一趟，也就能赚这么多钱，糊口饭吃，再说了，出门在外，讲究不得。吃饭对他来说，好也是吃，歹也是吃，喝红豆酸汤是一顿，啃苞米土豆，也能算一顿。刘小亮也不强求，还给补锅匠几个大焦炭，让他随便使用。

人多，吕小琴没往里挤，请一个孩子把铁锅交给补锅匠。补锅匠的身后摆着二十多口铁锅，她的排在最后面。有炒菜用的、洗脸洗脚的，更多是喂牲口的大锅。每一口锅，破损情况不一样。小锅一般都是指甲盖大小的网眼，大锅的缺损大小不一，最大的差不多有巴掌大，估计是被牛马踩破的，或者装太多东西，往下放时，没掌握好力度，生生在地上蹾破的。所有的锅，按先来后到，被补锅匠用铅笔在锅底编上号。炉火边，十几人围着补锅匠，看他怎么从炉火中的铁罐里，倒出熔化的铁水，补好了一口又一口铁锅。尤其孩子，最为兴奋，个个争着帮补锅匠拉风箱。“嗵”的一声，炉子把火苗吸进去，“嗵”的又一声，炉子把火苗吹出来，蓝幽幽的。吕小琴到时，补锅匠正拿着一把尖头铁锤，敲打一口小锅的网眼边缘，将破损处的铁锈敲得干干净净。他一边自言自语说：

“敲不好，便补不牢，一见水就漏，你们会骂我的。”

说话间，炉子上铁罐里的铁水已熔化好。补锅匠把小铁锅安置在一个三角木架上，左手托一块渗水的厚布垫，布垫上又撒一层炭灰，再把铁罐里火红的铁水，倒一滴在布垫上，飞速送到锅底；将网眼堵住，上面用另一块渗水的厚布垫，火速在网眼上方，把冒出来的铁水抹平。接着又用一把稻草刷子，撩着身边盆子里黄黄的泥水，将刚刚补好的网眼，反复刷洗。

“保你用三年，”补锅匠说着把小铁锅递回给它的主人时，自信地说，“一点问题都没。”

补锅匠说话不看人，神情疲惫，却也严肃。瘦削的脸颊，浮着一层炭灰，灰下又是一层古铜色。手上用劲时，眉毛紧锁在一起，嘴巴也咬得紧紧的。他坐在一个长方形木箱子上，一点也看不出他的一条腿是瘸的。身后，一堆待补的铁锅边，还放着两个方方正正的木箱，都是原木做的。长期的烟熏火燎，驴驮肩扛，磨蹭得黑黢黢的。炉火边还有一个小铁箱子，装着各种补锅用具，除了锉刀、砂布，还有锤子、榔头等，许多都是吕小琴叫不出名字来的。她到处瞅，没见到自己昨天递给补锅匠喝水的搪瓷缸子，一样没看见的，还有补锅匠的两头驴子，估计是寄养到刘小亮家的牛圈里了。正犹豫要不要问补锅匠拿搪瓷缸子时，补锅匠抬眼看着她，微微一笑，露出森白的两排牙齿。吕小琴立即打消了这个念头，她的搪瓷缸子，为什么会在补锅匠身上呢？一旦开口，就是个问题，她觉得这是无法解释清楚的。她站在人群外，许多人根本不知道她来了，当下就跟着补锅匠的眼神，扭头看着她。吕小琴脸一红，赶忙低头走到一边去。

这些人有真正来补锅的，有没事看热闹的，还有一部分是前来看望刘明德病情的。三天前，刘明德被人发现，一身酒气躺倒在峡谷中的小溪边；右小腿骨折，身上还有多处青紫，额头上破一个铜钱大小的洞；皮肉外翻，汪着黑黑的血。也不知他流了多少血，把脑袋边上的鹅卵石都染红了。他应该是醉酒后，翻越吕小琴家边上那个垭口时，半途滚下山去受的伤。被人发现时，已在峡谷里昏迷了一个晚上，要不是身上的衣服穿得厚，不摔死，也给冻死了。

刘明德快七十了，他有四个女儿，两个嫁本村，两个嫁到十几公里外的二塘河谷。还有两个儿子，刘小亮和刘小明。他的土地，给了大儿子刘小亮耕种，他也就跟着刘小亮一起生活。两兄弟感情尚好，只是有时会为刘明德的病吵上几句。痨病加各种说不出缘由的腹痛，一直折磨着刘明德。天气阴冷潮湿，或山里起雾，都会加重，咳得撕心裂肺，痰里丝丝带血。为治病，他十天半月打一针，一天吃一大把的药。药钱，刘小亮不愿意一个人出，刘小明更不愿意。刘明德便一家一家上门去要。不只找儿子要，还找嫁出去的四个女儿要。不过，他要钱不是为了买药吃，或者上医院看医生，而是去买酒，喝到肚子里。

刘明德一生没什么爱好，只有喝酒，一天都离不开。天天喝，顿顿喝，可以没饭吃，不能少了酒。二两酒下肚，病痛对他来说，是无关紧要的。再说有了酒精的麻醉，他几乎感觉不到什么疼痛。如果能在酒精里无声无息地死去，更好不过了。他的脸是绛紫色的，花白的山羊胡子粗硬地杵在下巴颏上，头发是让孙子给他用剪刀剪的，有的地方能见到青色的头皮，有的地方又留下一块黑色的短毛，如同几块等待收割的荞麦地。村里人见到他都笑话，说他的头，跟狗啃的一样。

现在，笑话过他的许多人，都在门外看补锅匠补锅，一边等着他的死亡早日到来。进入冬月，地里的土豆基本挖完，该忙的活路都已做完。有的人到处联系，想在山外什么地方，好坏找点事做，挣几分年关钱，过一个快活年。知道刘明德要死了，哪里也不能去，只在家老老实实待着。山村的风俗，也是不成文的规矩。哪家门里都会死人，哪家的死人，都需要村里人帮忙抬上山。这是回避不了的事情，也是一家人办不到的事情。村里的人不能走远，走远了的，知道信息，也要赶回来。三五成群，挤在刘小亮家的各个房间，打麻将、打牌，或者喝酒摆龙门阵。不需要任何人交代，一天二十四小时，都会有四五个人守在刘明德身边，欢欢喜喜地玩着，闹着，以备他突然断气，第一时间里，配合刘明德两个儿子，启动丧葬程序。

刘明德躺在火塘边一张木床上，已进入弥留之际。身上盖一床厚厚的花布被子，只留出来狗啃一样的脑袋。他闭着眼睛，眼窝又黑又深，似乎他身体积蓄了几十年的力气，还有生命的气息，都是从这里，被吸附到某一个神秘的虚空里。一开始那天，有人问他：

“认不认得我？”

刘明德哼唧一下，或点点头。第二天，同一个人，问同样的问题，刘明德就没什么反应了，他还有意识，也没完全失去语言能力，他只是连张开嘴巴的力气都没有了。眼神也变得更加的飘忽与空茫，偶然间，身子会挣扎一下，头一歪，从眼角滑落两滴浑浊的泪水。

“太可怜了。”偶尔会有人看到后，轻声嘀咕着，“早知道一下子死不掉，该送他去医院的。”

这个问题，牧童在峡谷里发现刘明德，叫来村里人，把他抬回家时，刘小亮、刘小明两兄弟好一通争论。刘小明说，兄妹六人，一个出一点钱，送刘明德到四五十公里外的六盘水市内去医治，最后尽点孝心。刘小亮说，这不是钱的问题，是根本来不及了，伤成这样，送到半路上死掉，葬礼时，连棺材都不能停放在家里，这才是最大的不孝，还会连累一家子人跟着倒霉。边上的人出意见，说请罗文来看看，听听他怎么说。

罗文是其他村子的民办老师，也是个赤脚医生，直接从学校赶到刘明德身边，一番望闻问切，对刘小亮、刘小明说：

“兄弟，实话告诉你们吧，没有用的，赶快准备后事。”

“不摔这一跤，他也活不了多久的，我以前帮他看过，他的五脏六腑早被酒精烧烂了，花再多钱也没用的。”罗文继续说。

刘明德摔下山的消息和罗文的话，很快传遍整个村子。人们慢慢聚拢过来，一门心思地等待着他的死亡早日来临。连望丧钱都已做好，那个时刻一到，补锅匠对面的人群中，会有一个人拿着早已准备好的竹竿，立刻捅开刘明德家屋顶的瓦片，让他的灵魂，跟着黑白无常，奔奈何桥而去。还会有一个人，立刻爬上补锅匠头顶的梨树，把望丧钱高高挂上去，告知四梨树村的山川峡谷，花花草草，以及每一个活着的人。

王银仙也在这一群人里，她有着胖乎乎的身子，又圆又红的脸庞。跟吕小琴一样，她也喜欢笑，一笑，眼睛眯成两条缝。她跟吕小琴比较亲，四梨树村，嫁自四区的就她两人，脾性又相投，亲得像姐妹。四区对于四梨树村人来说，是一片巨大的，边远、荒凉又贫穷的土地。同为四区人，她们两个的家隔着好几个苍茫的山头，一眼能看到，走路又得半天的时辰。王银仙有一个三姨，跟吕小琴是一个村的，可王银仙当姑娘时，从未去过吕小琴他们村子。她们姐妹情深，是从四梨树村开始的。王银仙比吕小琴早几年嫁过来，已经生根发芽，儿子都十几岁了，吕小琴不过才刚刚有了身孕。看到吕小琴转身离开，王银仙马上跟上去，两个人站在一旁，轻声说着只有她们彼此才能听见的话语。

“昨天我一直在家里等你，你怎么不来？”王银仙说。

“我洗衣服呢，还下地挖土豆了。本来想来的，头又疼了。”

“得了吧，”王银仙说，“小琴，你是头大了，不是头疼。”

“我说真的。”

“我知道啊，没说你不真。”

“你不知道，”吕小琴捂住肚子说，“不只头疼，我多走几步路，都累得要命。”

“有这么大反应？”

“是的，”吕小琴说，“就是觉得累，动一下，浑身一点力气都没。”

“之前的也会这样？”

“姐……”吕小琴不说话，笑着掐王银仙胳膊一下。

两人说着话，进入刘明德躺着的房间。火塘边，除刘小亮、刘小明两兄弟，还有两个从二塘河谷赶来的亲戚。两兄弟一脸愁容，几日没休息好，头发蓬起，疲态尽显，胡子拉碴的。另外两个亲戚，穿得抻抻展展的，之前似乎不常来，吕小琴和王银仙都不是很熟悉。一进门，两人飞快瞟他们一眼。这两人回看她们，她们的目光已越过火盘，看着躺在对面木床上的刘明德。四人正在深切交流什么事情，有人进来，也不收声。几根旱烟一起抽，房间里烟雾缭绕的。刘小亮说：

“杀一头猪差不多够了，我们家亲戚也不多，够吃了。”

“可以。”刘小明附和着。

“棺材早就备好的吧？”一个亲戚说。

“早就有了，在楼上。”刘小亮说，“还是几年前他自己寻下的。”

“杉木的？”另一个亲戚问。

“松木的，”刘小明说，“他倒是想要杉木，可我们没那么多钱。”

“他能听到你们说话吗？”王银仙说。

“不晓得。”刘小亮说。

吕小琴看到刘明德的眼皮搐动一下，心里想：“他哪能听不见呢，他的耳朵可尖了。”她一直没说话，看看刘明德，又看看两个从二塘河谷来的亲戚。这两人的头发修剪得短短的，有款有型，一丝不苟，皮肤也比四梨树村的人要白。不说话，也是一副若有所思的样子。再看刘明德，他那条骨折了的右腿，伸在被子外面，肿得快要爆裂的表皮，泛着一层青光。“这回，他就不能悄无声息地走路了。”吕小琴又这么想着，看一眼刘明德。

这是吕小琴第一次来看望刘明德，王银仙不陪着，她今天都还不想进这个门。她得等刘明德死了，在丧礼上，尽心尽力承担一些具体事务，洗菜、煮饭、刷盘子，都可以。尽可能做好一点，以免别人在背后嚼舌根，说她和王小举不近人情，忘恩负义。而这些，她都是为王小举做的。王小举若在家，刘明德再多死几次，她都不会来看他一眼，为他做半点事情。受刘明德滴水之恩的人，是王小举，而不是她自己。何况，这些还都是她嫁过来之前的事情，她也是听王银仙等人，断断续续提到的。

王小举的父母在他很小时，死于一场将他们家化为灰烬的火灾。王小举是吃百家饭长大的，对他最为照顾，比王小举的几个亲叔叔还要上心的，是刘明德。那时的刘明德，年富力强，是四梨树村的村主任。他说照顾好每一个村民，是他作为村主任，义不容辞的责任。一见到王小举，他会嘘寒问暖，带他到家里去吃饭，还愿意出钱，让王小举跟刘小亮、刘小明一起去读书。王小举不愿意，他便给他买一身新衣服，让王小举把身上的那套破衣烂衫，脱下来丢了。这样的照顾，一直持续好几年，直到他自己因作风问题被免职，变成一个郁郁寡欢的平头百姓。

刘明德就是那时候爱上喝酒的，猪肝色的脸上，拧得出酒精来。那一年，王小举十四岁，变成了个小大人。身量不高，看着魁梧，平地背起一百多斤，一点问题都没。他不喜欢说话，别人说什么，同意的就点头，不同意的，就摇头。自己认准的事情，九头牛也拉不回。那年头，村里人的生财之道大多是贩卖茶叶、烟叶，或者水果。王小举说他认不得字，字也不认得他，他要去挖煤，而出煤炭的地方，却在十多公里外的二塘河谷。

王小举在乡场上买一个背篓背着，一路走到二塘河谷，此后的六七年，他都很少回来。等他再回来，有时间在村里这家走走，那家坐坐时，已经成了一个大男人。身材更加魁梧，有力，肩膀上，鼓起来两坨肉，衬在衣服下，从后面看着，背似乎有一点点驼。王小举口袋里没多少钱，刚好够请几个人，用泥巴在村头的垭口边，给自己夯一所小房子。问他钱哪里去了，说赌钱输了。房子建好后，王小举又去了二塘河谷，这一次，他不是去挖煤，而是一门心思找人赌钱，掷色子、打麻将、打牌，什么都玩。伙同着一帮人，一路赌，一路吃喝玩乐着，走遍了十里八乡的每一个角落。偶尔回村，就给刘明德带一捆上好的烟叶，或者几斤烧酒。他把刘明德叫到家里来，炒两个菜，两个人一杯一杯地对饮。刘明德晕乎乎的，给从路上走过的人说，王小举是他的儿子，第三个儿子。王小举也晕乎乎的，说：

“对，你比我爹对我还好。”

这是酒话，说完了，他们自己就忘了。唯听到的人记得，传得全村，无人不知，无人不晓。此后，王小举每次从外地赌钱回来，提前见到的人，会半开玩笑半认真地告诉刘明德，你儿子回来了，还不去看看。刘明德一听，知道说的是王小举，不管在什么地方，都屁颠屁颠，一路赶到王小举的小房子。他馋喝王小举的酒，还想看看王小举是否赢钱了，给他个十块八块的。一开始，王小举会尽量满足他，多多少少给一点。日子久了，心下算计，好几百块赌资都成了刘明德的酒钱，尤其是输钱不开心，又无钱翻本时，会明确拒绝刘明德，给他点脸色看。刘明德不开心了，出得家门，借着酒劲，骂上几句，真把自己当王小举的爹了。事情发展到王小举与吕小琴结婚后，王小举不在家，在自己的儿子、女儿那里要不到钱，刘明德还会来找一个人在家的吕小琴。坐在火塘边，唠唠叨叨给吕小琴讲历史，讲过去，说他当初是怎么怎么对待王小举的。听归听，吕小琴半分钱都没给过他，对他说：

“刘三伯，他连我都不给，我又拿什么给你呢？”

刘明德毫不气馁，照常去。喝多了，他走路也提着气，很轻，无声无息的，踩在石子路上，跟老鼠爬过一样，不带动身边的其他东西，比如花花草草什么的。好多次，吕小琴背对着门吃饭，突然间，屋子里的光线暗了下来，回头一看，刘明德黑黑的身子，已经站在她的身后。一年前的一天，吕小琴午间掩门想在床上眯一下，一觉醒来，刘明德已经坐在她家火塘边，把她烧好的土豆，吃到肚子里。还巴巴地望着她，浑浊的眼睛里，聚合两道幽深的光芒，穿透了她的身体，让吕小琴此后，再没管刘明德叫过三伯，她已在刘明德的眼睛里，看到了不一样的让她不安的东西。

半年前，盛夏时节。云贵高原上的太阳，由丝丝缕缕的白云牵着，伴着声声蝉鸣，从这个山头，荡到那个山头，将炙热慢慢烘烤进薄薄的土地及坚硬的岩石。吃过晚饭，王银仙没事，来找吕小琴坐了好一阵子。吕小琴送她出门时，已是夜里十点多钟。如水的月光，清亮地沐浴着静谧的村子。

吕小琴在屋后上完厕所，回家直接睡下。天气依然闷热，太阳的热力又在月光下，伴着低吟浅唱的虫鸣，从土地及岩石里，慢慢渗出来。吕小琴翻来覆去，怎么也睡不着，索性脱了衣服，穿一个大裤衩子躺在床上，还是睡不着。侧着身躺不到三分钟，皮肉挨着褥垫的地方，洇出来一层水，换一个姿势，还是这样。吕小琴起身，推开离地半米的窗子，让从峡谷裹挟上来的风透进来。躺回床上后，她思量着，等身体凉下来，再关上窗子，安心睡觉。哪知眼睛一闭，很快睡死过去，再醒过来，时间已过去好几个小时。

吕小琴做了一个梦，梦到自己没穿衣服，在一片荆棘林中穿行。许多粗硬的干树枝，刮擦着她的身体，一点也不疼，像在慢条斯理地扒拉她身体的每一个毛孔，让里面的热气透出来。她能感觉到自己的身体在呼呼往外冒气，却怎么也冷却不下来。心口的呼吸也越来越急促，带着一股地火一样的热力与亢奋，在血管里快速流动。她在梦里想："我怎么做这样一个梦啊，这真的是梦吗？不行，我得醒来，看看这是怎么回事。"这么一想，吕小琴真的醒了，但梦里的那些干树枝，依然在刮擦着她的身体，慢条斯理，循序渐进，不过不是扒拉开她身体的毛孔，让她透气，而是要从这些毛孔里，吮吸走她身体鲜活的生命气息。

恍惚中，吕小琴静静躺着，她意识到，刮擦她身体的不是干树枝，是一个人的手。属于这双手的躯体，正滑溜溜地滚烫地贴在自己身上。起初，她以为是王小举，很快又意识到，相较于王小举，这副身板，太过单薄，就连呼吸，都轻飘飘的。再说了，这从来也不是王小举的风格。惊吓让她的身体震颤着缩成一团，胡乱拉被子裹在身上，随即才"啊，啊，啊"地叫着，下意识朝着那个身体，一气乱蹬，蹬得他来不及有任何反应，噼里啪啦掉在地上，疼得嘴里哼唧几声。吕小琴这才听出来是刘明德。刘明德站起来，想说话，又没说，只是朝吕小琴摆摆手。

"滚……"

吕小琴一声喊，把所有的力气使出来。她刚才是被惊着了，缓过那口气，才又觉得恼怒和愤恨，恨刘明德竟然如此大胆，也恨自己，竟然在这么一副皱巴巴的皮囊面前，暴露着身体不说，还有了不应该有的反应。刘明德抓着自己的衣服，来不及穿，拔开门栓，趺趺撞撞跑出去。所有这些，吕小琴一直忍着，不吭不嚷，一个人紧守着秘密，不管是四梨树村关系最要好的王银仙，还是自己的男人王小举，她都不曾透露半句。她告诉的那个人，叫田七七，这个人，四梨树村的人，都不认得。

田七七从二塘河谷来到四梨树村的那个下午，天气也很好，逆光里，能看到一丝一丝的阴影及阴影里浮动的灰尘。他或许得到了什么信息，翻过垭口，直奔吕小琴家里。将回家住了几天，又开始手痒，想晃荡着出门，找地方赌钱的王小举，堵在家里。王小举早上醒来，又开始在床上折腾吕小琴，累得自己气喘吁吁的，也不管吕小琴愿不愿意。日子久了，吕小琴自己总结出来，每次一这样，王小举又要开始在外游荡，十天半月，甚至是三两月不回家也有可能。他一次又一次做着，光凭赌博喝酒，就能发家致富的春秋大梦。

发泄够了，王小举这才起床，烧几个土豆就着，把昨晚剩下的半瓶烧酒喝得干干净净。他喝酒容易脸红，脖子上的青筋鼓起来，眼睛也跟着充血，说话伸不直舌头，如嘴里含着颗石子。看到田七七突然推门进来，王小举怔了一下，似乎没明白怎么回事。他面子上热情，眼神却漂浮不定，不敢去看田七七的眼睛。田七七也不需要人招呼，自己拉一条凳子，在火塘边坐下来。顺势瞟上一眼，也坐在火塘边梳头发的吕小琴。吕小琴头发长，又黑又直，披在身后，长及腰身。她一绺一绺从身后拉到身前，用木梳梳顺滑，又甩回背上，再梳下一绺。反正没事做，当打发时间。田七七看她，她也回看田七七。吕小琴心里想着："妈的，这个人比我还白。"这么想着，自己偷着乐了起来。看着田七七跟在自己家里一样，也不要人叫，从火塘上捡起王小举烧熟的一个土豆，剥了皮吃起来。他比王小举小十来岁，一边问：

"王哥，有酒，也给我整两口吧，一路爬上来，口干舌燥的。"

没等王小举说话，吕小琴从碗柜里，拿出一瓶酒，递到他手里。这是王小举故意留着，刘明德又来蹭吃蹭喝，要钱用，堵他嘴的。田七七一边吃土豆，一边对着瓶嘴，灌下去一大口。王小举起身，把自己刚才用过的一个玻璃杯子，递到田七七手里。

"用这个喝。"王小举说。

田七七接过杯子，倒满，递回给王小举。

"不整了，"王小举说，"再喝就多了。"

"也不在乎多一杯两杯吧。"

"你看我，"王小举说，"舌——头都大了。"

"装的吧？王哥。"田七七说，"你是不想让我来你家。"

"哪——里的话。"王小举说，"我——还想——正想去找你呢。"

"正好，"田七七说，"我来找你了。"

话赶话的，王小举不由得接过田七七手里的杯子，又喝上了。吕小琴又得再找一个杯子，递到田七七手里。

"麻烦你了，"田七七对吕小琴说，"姐。"

吕小琴又乐了，这回没忍住，嘴巴一咧，差点笑出声来。王小举横她一眼，说：

"我知道你的意——思，所以，正想着出门，生个——法子，弄钱还你呢。"

"不会吧，王哥，"田七七说，"意思是我白跑了？"

"在山王庙输得连老——本都没了。"

“人家都说，你赢钱了呢。”

王小举穿一套蓝布衣服，上下各有两个口袋，他快速把四个口袋兜兜翻出来给田七七看，说：“你看，汤汤水水都不剩。”

“这我可不管，”田七七说，“你知道的，我正等着花钱。”

“那你——等着，”王小举起身往外走，一边说，“我去村里，想——个法子。”

“赶紧点的，”田七七说，“可别一去不回来了。”

“放心——”王小举在门外说，“兄弟。”

王小举走了，田七七一个人坐着，又不声不响地喝上一杯。看着坐在一旁的吕小琴，兀自笑了起来。自她进这个家门，除去刚结婚那半年，王小举老老实实在家待着，此后这个家，对他来说，不过是赌博路上，另一个风餐露宿的点而已。哪怕是农忙时期，也不会多住几天，抢收抢种，搭一把手。一门心思，全在赌博上。赢了钱，眉飞色舞的，走路都带风，挽起袖子，胳膊上好几块表——还不起钱的人抵押的——有时也会甩一块给吕小琴，不过没等她戴热乎，又很快拿回去，输到另一个赌钱人手里。若只赌钱，那还好说，更为要命的是，他疑心很重，常年不在家，听到什么风言风语，就会回家，不问青红皂白，打骂吕小琴。四梨树村，最能嚼舌根的要数刘明德。有的也说，没的也说，天上地下，没有逃得过他嘴巴的。因为他的捕风捉影，吕小琴没少挨过王小举的拳头。遇到王小举输了钱，又贪杯时，一点侍候不到位，打得更凶。恰有债主上门，王小举还会大着舌头说：

“要钱没有，要女人有一个。我出去，你们睡一觉，当还钱了。”

这是王小举的撒手锏，被人堵在家里，逼得实在没办法了，丢下这么一句，跳着脚走人。明智一点的，哭笑不得地看着吕小琴，叹着气，后脚追出去。也有厚颜无耻的，眼里带风，跟刘明德那样，看着吕小琴，问是不是真的。吕小琴冷然回话说，你有本事试试，看是不是真的。追债人明白过来，自己被王小举耍了。立即也跳着脚，一路骂着追出去。

这一回，吕小琴以为王小举也会使这么一出。哪知他长本事了，换了计谋，不由得笑了起来。

“你笑什么？”田七七问她。

“他骗你的，”吕小琴说，“他不会回来了。”

“我知道。”田七七说。

“你不去追？”

“追他干什么？”田七七说，“追上他也没钱。再说了，随便出门找几个赌钱人问问，还怕逮不着他吗？”

“那你还坐着干什么呢？”吕小琴心里想。

“姐，该吃午饭了，”田七七说，“炒两个菜吧，光喝酒寡淡得很。”

“吃饭？”

“是啊，”田七七说，“你要忙的话，我自己来。”

挨着火塘的墙上，挂着块老腊肉。田七七起身，问刀在哪，他要做饭了。

“又不是在你家，”吕小琴说，“你做什么饭？”

“那你来，”田七七说，“我给你搭把手。”

“我没时间。”吕小琴说。

“姐，”田七七说，“进门都是客呢。”

“别老是姐，姐，姐的，”吕小琴说，“我不是你姐。”

“十里八乡，都生活在一个蜘蛛网兜里，”田七七说，“牵牵连连的，都是亲戚。”

吕小琴又被他这话逗笑起来，掩着嘴，从田七七身边擦过，自己拎着菜刀，开始割腊肉。

“土豆在哪里？”田七七说，“我来削皮。”

吕小琴从床底下拉出一个蛇皮袋，从袋里捡几个土豆，丢在火塘边。田七七从腰间，拿出来一把牛角刀，黑黑的把子，雪亮的刀片，看着十分锋利。甩开来，有尺把长。他蹲地上，用这刀，一本正经削着土豆皮。嘴里问道：

“姐，你今年有二十五六了吧？”

“三十五六还差不多。”吕小琴背对着他，开始切肉。

“看不出来，一点都看不出来。”

“你见谁都叫姐吗？”

“不是，”田七七说，“漂亮的才叫。”

吕小琴想笑，还是忍住了。

“我去地里拔菜去，”田七七说，“屋子后面的菜地，是你家的吗？”

“还是我去拔。”

吕小琴赶忙放下菜刀，走出门去，拔菜回来又继续切肉。田七七在缸里舀水，洗干净土豆和白菜，交给吕小琴，吕小琴一并切好，才开始用蒜蓉和干辣椒拌炒。两个人有说有笑，把三个菜吃得干干净净。田七七劝吕小琴也喝一杯酒，吕小琴说：

“我不会。”

“我不信。”田七七说。

吕小琴没说话。田七七自己倒，自己喝，一斤装的瓶子，他喝下去七八两。吃饱喝足了，站起来，抹嘴又喊了吕小琴一声姐，说：

“那我走了。”

吕小琴送他到门边，站在门框里，看着酒后的田七七，腿脚都不打一下闪，稳稳当当，又从村头的垭口翻下去。心里又想：“他怎么那么白！”吕小琴从未见过这么白的男人，两张面皮，似两张白纸，站在太阳底下，都会反光。田七七跟王小举差不多高，不如王小举身板厚实，高鼻梁，粗眉毛，理着寸头，一点也不像个农村人。眼见着他从垭口上消失了，心里又想：“这回，他应该不会再来了。”谁知第二天中午，田七七又出现在她门前，手里提着一个黑色的袋子，还像昨天一样叫她姐，说：

“昨天又是吃又是喝的，我送你一样东西。”

吕小琴请他到屋里坐，田七七没进去，说有事，把黑色的袋子递给吕小琴，转身走了，再也没回来。袋子里装着一床花白的床单，床单里又包着一把黑色的牛角梳子。吕小琴当晚换上床单，美美睡了一觉。那把梳子，背面有着不规则的幅度，捏在手里，温润又皮实。每次洗完头发，她都拿着牛角梳子，坐在悬崖边凌空的石板上，慢条斯理地一边梳头发，一边晒太阳。

又过了十多天，吕小琴在石板上梳头发时，总感觉有人在对面山腰上，用镜子反射阳光，一闪一闪照射自己。一道亮亮的光，穿过峡谷，准确地照在她的脸上。一开始，她以为是有人恶作剧，扯着嗓子，骂几声，但那道光执着地尾随着自己。她回家把门窗关上，翻过垭口，循着那道光，穿过峡谷，弯弯曲曲，爬到对面的山上去。到了刚才的光源发射处，又发现那道光，已经飘到山顶上去。吕小琴又继续爬，翻过山去，才看到那镜子，捏在田七七手里。他从一蓬荆棘林中走出来，手里拿着一块小圆镜子。田七七对着阳光，又朝吕小琴晃了晃。

“你有病啊！”吕小琴说。

“姐，”田七七笑眯眯的，说，“我请你来吃鸡呢。”

“喝西北风差不多，”吕小琴说，“荒山野岭的。”

“你还别不信，”田七七说，“我什么都准备好了。”

田七七领着吕小琴，在山野一条羊肠小道一直走，有时隐于草木中，有时又暴露在阳光下。七弯八拐的，来到一道灰不溜秋的山崖下。崖高百丈，犹如刀削。抬头一看，高天流云，还有一只几乎静止不动的大鸟。四梨树村上，把这道崖叫白崖。从村子里看，天气晴朗时，也被一层白雾笼罩着，除挖草药的，极少有人到这儿来。

“在这儿。”田七七往上一指。

离地一两米的地方，崖壁裂开一个一尺宽五尺长的口子，像张开一张大嘴巴，深深呼吸着山间清新的空气。田七七攀缘着岩石，大马猴一样爬上去，消失在裂口中。不一会儿，又伸出头，递给吕小琴一根麻绳，拉吕小琴上去。崖上还藏着一个小山洞，四五平方米宽，垫着厚厚一层枯树叶子。嶙峋的洞壁，挂着一个黑色的袋子，跟田七七装东西送给她那个一模一样。田七七取下袋子打开，拿出来一只烤得红澄澄的土鸡，还有两个装满东西的嫩绿色的玻璃瓶子。田七七解释说，他来的路上，捡到一只鸡，找地方烤熟才带上山来的，至于瓶子里什么东西，他没说。又从腰间拿出他那把牛角刀，甩开来，一片一片削鸡肉，递给吕小琴。吕小琴不作声，他削一片，她吃一片，咂巴着嘴。田七七自己也吃，两个人满嘴都油腻腻的。吃一会儿，田七七伸手拿起瓶子，用嘴巴咬掉瓶盖，递一瓶给吕小琴。

“什么东西？”吕小琴问。

“啤酒，”田七七说，“跟饮料一样，二塘河谷的人都在喝。”

“好喝吗？”

“还可以，只是有点淡。”

吕小琴也真口渴了，接过瓶子，往嘴巴里灌上一大口，随即又赶忙吐出来。

“天啊，”吕小琴说，“这是什么东西？”

“啤酒啊。”田七七笑了。

“狗屁，”吕小琴说，“是马尿。”

“别讲粗话，”田七七说，“姐，真的是啤酒，你难道没喝过？”

“骗鬼还差不多！”吕小琴一拳捣过去。

田七七没有躲，故意让她打，吕小琴又捣一拳，想抽回手来，却被田七七紧紧拉着，直往怀里拉去，随即两个人都躺倒在枯树叶上。谁也不说话了，静静躺了一小会儿，全世界都跟着，变得十分安静。

后来的好几个月，田七七时不时跑到那个洞住几日，且都是王小举不在家时。每次来，便用镜子招呼吕小琴。吕小琴会去陪他，跟他在洞里睡觉，但不过夜。她不知道，如果王小举深更半夜回到家，见不着人，自己该怎么解释。田七七像一条蛇，缠在她的身上，露出依依不舍的表情。吕小琴一次又一次，在他这样的目光里，身体像水一样化开来，温润着过往的日日夜夜。只要她一闭上眼睛，过去的日子，如一个又一个山头，堵塞在她面前，而她的身体化成的潮水，又会一浪一浪荡过去，将所有的沟沟壑壑填平。睁开眼，看到的是一片浩荡得连自己都无法跨越的水域。吕小琴吸溜着鼻子，坐在白崖的嘴巴里，无声地流下眼泪。

“你怎么了？”田七七问。

“没怎么。”吕小琴说。

“王小举又打你了？”

“没。”

“那是谁欺负你了？”

“也没。”

“你哭什么呢？”

“想哭就哭了，没什么。”

“一定是，你被人欺负了，”田七七说，“告诉我吧，老子杀了他。”

为岔开话题，也带着开玩笑的意味，吕小琴说：

“你去吧，给我把刘明德杀了。”

“哪个刘明德？”

“我们村里的，一个老头？”

“老头？”

“六七十岁了。”

“他怎么你了？”

“他偷偷看我睡觉，夜半三更的。”

“你开玩笑吧，一个老头。”

“没有，”吕小琴说，“真的。”

“好吧，你好好等着，看他是怎么死的。”

“你不会是说真的吧，”吕小琴看着田七七突然收敛住的笑容说，“我说着玩的。”

“我可没说着玩，谁要敢欺负你，我就把他给宰了。”田七七说，“你以为我没杀过人？”

“别乱讲话，”吕小琴说，“怪吓人的。”

“不信？”田七七说，“问问你家王小举就知道了。”

“真杀过？”

“真的，在艾家坪。”

吕小琴听说过这个地方，好像是去县城路上，一个荒凉又干旱的村子。四梨树村的孩子，不但会唱“猫儿生个补锅匠”，还会唱“艾家大坪子，荞麦过日子；想吃苞谷饭，婆娘坐月子”。田七七说，他跟王小举在那儿一连赌博两个月，玩色子。一个不知道从哪里来的人，生得五大三粗的，黑衣服黑面孔，输急眼了，逮着谁就骂谁。谁不小心得罪他，又逮着人，往死里打。王小举好不容易赢一把，有点得意忘形，烟灰吹落在他身上，也被他下了狠劲，拳打脚踢，差点连命都没了。于是劝了几句，黑大汉又把怒气发泄到自己身上。田七七说，老子才不那么傻，没等他近身，甩开刀子递过去。他捂住心口，说："你们看，他还敢杀我。"说完就倒下去了。最后，田七七说：

"出事后，我跟你家王小举，连夜一口气翻山越岭地跑了几十里。"

"人死了吗？"

"不知道死没死，"田七七说，"我就是为这个躲到山里来的。"

"应该没死吧，"吕小琴说，"不然王小举也脱不了干系，哪还敢到处乱跑。"

"或许吧，"田七七说，"你不想我在这儿多住几日。"

吕小琴脸红了，说："想，当然想，我还有个事情没告诉你。"

"什么事？"

"我——"吕小琴说，"我好像怀上了。"

"怀上了？"田七七不由一怔，"怀了？"

"嗯！"

"刘明德的？"

吕小琴一拳打过去。

"王小举的？"

吕小琴不说话，直直地看着他。

"不会吧，"田七七说，"姐——"

“什么会不会的？”

“王小举这段时间一直没回来？”

“不是。”

“他没跟你睡过？”

“也不是。”

“那你光看我干什么？”

“就是你的。”吕小琴说。

“凭什么啊？”

“什么也不凭，”吕小琴说，“我的身体我知道。”

“这不是你身不身体的事情。”

“王小举的身体我也知道，他要行的话，我们早就有孩子了。”

田七七看看吕小琴的脸，又看看吕小琴的肚子，说：

“咦，我还是不信。”

吕小琴沉默下来，这一次，她没掉一滴眼泪。说起来，她也不能笃定，孩子是田七七的，跟她说王小举的身体不行，凭的也只是女人的感觉，而不是什么证据。再说了，她嫁到四梨树村来的第二年春上，跟王小举是有过孩子的。刚怀上两个月，被王小举一次醉酒后，听信风言风语，拳打脚踢地打没了。一股乌黑的血，从她的体内流出，顺着大腿，流到鞋子里。王小举不明就里，继续打她，打够了，骂骂咧咧继续赌钱去。

吕小琴从未给王小举说过这个事情，没告诉过他，自己身体内流出来的，到底是什么血。不管王小举用多么毒辣的语言来咒骂她和她的肚子，她都只字不提。也是从那一次之后的七八年里，她的肚子再无任何动静。吕小琴歪七扭八地想到这些，同时意识到另一个问题，或许，这些年来，身体不行的，是自己，而非王小举。又一次，吕小琴在田七七的面前，兀自笑了起来。她攀缘着岩石，从白崖的大嘴巴里爬出来，对田七七说：

“我要回去了。”

“什么事，这么急？”田七七一愣一愣的。

“没什么事情。”

“那我再躺一会儿也回去了，”田七七说，“过一阵子再来看你。”

吕小琴回头看着田七七白白的面孔笑，没说话。她确实没什么事情，只是想回家了。当天晚上，王银仙来家里玩，吕小琴犹豫一下，还是把肚子里的喜讯，告诉了王银仙，包括这几个月以来，自己跟田七七之间发生的事——后来的十余天吕小琴回了一趟四区，田七七从王小举那儿知道了这个信息，吕小琴一回到四梨树，田七七又来过几次，在对面山上用镜子召唤，吕小琴却再也没跟他约会过——对于王银仙这个与自己同嫁自四区的好姐妹，吕小琴几乎是不设防的。王银仙知道，吕小琴被王小举打流产一个孩子，还知道这个孩子，并不是吕小琴怀上的第一个孩子。吕小琴嫁给王小举之前，就已生过一个孩子的，一个女孩，孩子的父亲，叫路大同。

吕小琴没上过一天学，她有父亲、母亲和一个弟弟。吕小琴姐弟俩，从小跟着父母下地干活。地都在山里，这里两分，那里三分，属于人跟生根的石头争泥土，凡是没有石头的地方，薄薄一层土，能挖出个坑，也可以种。种玉米、荞麦，最多的是土豆。姐弟俩跟在父母后面，一人提一个小竹篮，把他们挖出来的土豆捡起，提到背篓里。土豆有红的、黄的、白的，还有紫色的。一早出门，肚子饿了，捡几个土豆，丢一捆柴火里烧了吃，再喝一口山泉水，就能解决问题。父母休息时，姐弟俩到周边的山上，采摘榛子、松果，或野葡萄，也可以挖一些折耳根，晚上带回家凉拌着吃。

弟弟七岁，开始上小学；吕小琴九岁，继续跟着父母下地干活。小小的身子，扛一把锄头，跟在父母身后，快步在山路上走。风把脸吹得红红的，两条小辫子，也在风里一颠一颠的。她也想过要上学，不过村里跟她一般大的女孩，几乎都不上学，所以并不怎么在意。父亲用粮食，找亲戚换一头小母驴，给她一个人喂。驴子四蹄和耳朵发灰，眉心有一团不规则的白，其他地方黑漆漆的。腰身修长，毛色光亮。尾巴甩动驱赶蚊虫时，抽打在人身上，也会生疼。吕小琴由这头驴子伴着，度过了一年又一年的时光。

她给驴子割草，赶着它，跟一帮年纪相仿的女孩——她们放牛、马，或者驴子——走遍每一个山头，穿过每一条峡谷。走到哪里，都会有一群喜欢她们的男孩子，同村或其他村子的都有，也赶着他们的牛、马或驴子，到处追赶。女孩子们也有心仪的对象，虽不像男孩子那么敢讲敢说，但会赶着牲畜，故意经过他们家的路口，或者去到他们容易找到的山头，慢慢等候。有一次，吕小琴她们在一条瀑布下的浅滩里洗澡，一群男孩子突然从树林里跑出来，抱着她们的衣服就跑。一帮女孩，躲在水里，眼见着太阳要下山，也不敢出来。抱吕小琴衣服的，是路大同。他站在一块石头上，笑眯眯地抱着吕小琴的衣服，让吕小琴答应做他的媳妇，才把衣服还给吕小琴。吕小琴也笑眯眯地看着他，不说话。她不喜欢玩这样的游戏，但也对这个人恨不起来。

路大同在读书，上中学。他跟吕小琴不是一个村的。从他们家到学校，走十几里山路，会经过吕小琴所在的村子。吕小琴家在路边，每天路大同跟一帮同学从她们家屋后走过，天才麻麻亮，醒着时，她都能听到他们的打闹嬉戏声。他只有周末或寒暑假，有空与吕小琴她们去山里放牧。他学习不好，相对于看书，更喜欢带着一把弹弓到处打鸟。他当村支书的舅舅要求他，再不喜欢，也要把初中毕业证混到，送他去当兵，好歹也算个文凭。他也不喜欢放牛，他是为了看吕小琴，才不情愿地赶着牛出门的。

“吕小琴是我媳妇。”路大同跟每一个玩伴都这么说。

夜里，吕小琴一家睡着了，路大同还带着几个人来找吕小琴。吕小琴家是木板瓦房，中间是堂屋，两边是厢房。父母睡左边，弟弟睡右边。吕小琴睡右边的楼上。一早一晚，她都在一把竹制梯子上爬上爬下。路大同一来，捡石子，扔吕小琴家瓦房上。石子顺着瓦沟，哗哗啦啦滚动，吕小琴的心里，也蹬蹬蹬的。她父亲听到了，在左边厢房里，大声咒骂：

“短命儿子些，老子出来一脚踢死你。”

吕小琴一听到她父亲的咒骂声，就捂住嘴笑。她从不起身下楼去陪他们玩，不过睡着了，路大同扔她们家瓦屋上的石子，仍在梦里不停地响。她是喜欢路大同的，嘴上从来不说，只是静静地等，希望有一天，路大同家能请一个媒人，来家里跟父母说说。不过路大同一家，一点动静都没有。路大同的舅舅，说服他们一家，坚持要他去当兵，似乎一点也不着急。初中毕业的当年，因身体的原因，错过了时机；第二年，才赶上。他们两人是私定终身的，就在路大同验兵通过的那天下午。那时候，吕小琴的母亲，已经去世好几年。

一个寒冷的冬日，母亲跟着一帮人，走十多里的山路去赶乡场。回来的路上，倒在雪地里，再没爬起来。平日里，母亲总说这里不舒服，那里不舒服。乡里人，小病小痛，是常有的事，都不用吃药，没想到，却是这么严重。那一年，弟弟读初二，学习也不好，经常逃课。父亲不管不问，毫不在乎，似乎他从未对弟弟的学业，有任何指望。母亲的葬礼后，弟弟干脆不上学，跟着一帮在镇上认识的人，整天玩得见不着影。他们还去到离山村百余公里外的城市，有事做事，没事游荡。偶尔为了生活，做一些偷鸡摸狗的事情。回到村里，还敢大言不惭向人吹嘘。

“玩归玩，可别连命都玩没了。”父亲不无担忧地说。

父亲是个沉默寡言的人，不会管事，也不善管事。母亲死后，他更加沉默，扛一把锄头，整天在地里不停地挖来挖去。晚上回来，随便吃点东西，就睡下了。不睡觉时，也是一个人坐着抽闷烟，无声地往火塘的炭灰里，吐着带有黄色烟气的痰，吐完，用穿解放鞋的脚尖搓一下，把痰埋了。间或抬眼往家里什么地方看一下，又带着深深的疑虑，埋下头去。

整个家庭都是吕小琴一个人在打理，她跟父亲在地里忙进忙出，回来还要喂猪，喂驴，给人做饭，烧炭火，把收回来的粮食炕干，也背粮食到乡场上卖钱，买回来各种生活用品。也是她，把持着一个家庭的人情往来和人际关系。父亲什么话也不说，他只关心庄稼和土地。别人家的女儿，吕小琴那个年纪，已经谈婚论嫁。他也知道，吕小琴与那个叫路大同的男孩走得很近，也仅此而已，从不更多地过问。与吕小琴最为亲近的，是她从小喂大的那头驴。苦闷和憋屈时，她赶着那头驴，一路往山里走，找一个地方，一个人流几滴眼泪。往往这时候，路大同会从什么地方，突然走出来，把吕小琴拉到隐蔽处，又是抱，又是亲。吕小琴没有拒绝，也没更多地给予。她会盯着路大同黑黑的眼珠子，问：

“你们家，知不知道我们俩的事？”

“知道的。”路大同说。

“为什么不请媒人？”

“家里要我先去当兵。我舅舅说了，当完兵，再考虑这些事情。”

“不是因为我们家穷？”

“不是。”

“你讲真的？”

“真的。”

吕小琴继续等，偶有人拐弯抹角来说亲，都会被她一口回绝。她与路大同的关系，取得突破性进展，是路大同由舅舅陪着，去乡里第二次验兵那天下午。吕小琴把驴子赶到半路，一边放牧，一边等待他的消息。远远地看到路大同眉飞色舞朝她跑来，吕小琴知道，这一回，一定是通过了。她为路大同高兴，也为自己感到忧伤。两个人又紧紧抱在一起。吕小琴又问：

“当兵当几年？”

“三年。”路大同说。

“那我不是三年看不到你了。”

“我可以回来的嘛，”路大同说，“想你了，我就回来。”

“人家允许？”

“我也不知道。”路大同说。

两个人动了深情，话越说越少，人却越抱越紧，直到吕小琴突然叫出声来。她感到身体犹如被什么尖锐的物体，倏然间火热地穿透。于是赶忙推开路大同，从地上爬起来。吕小琴首先看到的，是路大同裤子，好多的血，再看自己的裤子，也有，一块一块的，在落日的余晖下，鲜艳地红着。或许是吓着了，吕小琴的眼泪倏然滑落；路大同也是，嗫嚅几下，嘴唇乱抖，一句话都说不出。最后，还是吕小琴反过来安慰他，说：

“没事的，没事的，你快回去吧，你家里人还在等着你的消息呢。”

路大同出发前那段日子，两个人又到山里，约会好几次。每一次，吕小琴都又是哭，又是笑的。真等路大同出发那天，她又异常地冷静。吕小琴没去送路大同，她只是在自家屋后的路口，远远地看着，路大同被一众亲人簇拥着，欢欢喜喜朝乡里走去。此后的几年，吕小琴就再没见过路大同。第一年，吕小琴还能收到他几封信，再往后，一点信息都没有。信是路大同的舅舅从乡里带回来的。信里说，他们从乡里坐吉普车到县里，从县里坐大巴车到市里，又从市里坐火车，去到了广西边防部队，他现在已经是一名野战军人。第二封信，大多数是说他的部队生活。最苦的是野战生存训练，负重几十斤，一天赶六七十公里，晚上住在山里。还好自己是在山里长大的，很快能适应，也喜欢这样的生活。第三封信，是报喜，说他由于训练成绩突出，圆满完成一项光荣任务，受到了连队的嘉奖，已被任命为班长了。路大同向吕小琴描绘了他的美好愿望，他以后想转志愿军，想当士官，想提干，想做好多好多的事情。说完宏图大愿，又跟吕小琴来一番儿女情长，说自己是如何如何思念吕小琴。

第一封信，吕小琴是请弟弟看的，此后的信，他死也不愿意了。吕小琴又请村里懂点文化的女孩子读给她听。不过自路大同当上班长后，吕小琴就再没收到他只言片语。关于路大同的事情，吕小琴都是听路大同家里人说出来的。尤其他的母亲，到处跟人说，她儿子在部队要提干了，提了干，就是国家的人了，不当兵，转业回来，就能端国家的碗了。

吕小琴不会写信，也不知道怎么回信，真请人帮忙写，家里发生的一些事情，也不敢轻易说出口。若没有第二个人告诉的话，这些年发生的事，路大同在部队，或许一直都不会知道。路大同到部队两三个月时，吕小琴感觉到，自己的小腹胀胀的，有一股气在那儿一跳一跳的，不时翻滚一下，让她一阵一阵地反胃，恶心，想吐。一开始，她以为自己是病了，但那种连苦胆都能吐出来的感觉，让她突然明白，有一件事情，已经不可避免地发生了。

她尽可能地回避着父亲，不跟他一个桌子上吃饭，也尽可能不跟他在一块地里干活，也不会让他看到，自己弓着腰，恶心得连肚子里的汤汤水水都能吐出来的样子。

晚上，吕小琴早早睡觉；白天没事，她赶着驴子，一个人在山里，找一个没人的地方，想自己的心事。驴子在附近草地上啃草，走远了，吕小琴喊一声，又会慢慢走回来。母驴开始发情，身体的味道，能在风里，传出去很远。不时地，吕小琴会听到，周边山林里，一头公驴，嗷嗷叫唤。这时，母驴会烦躁不安，张目四望，不吃草，扯着圈子，这里跑跑，那里看看，眼眶湿湿的。吕小琴看着它，无声地笑了。她心里想：

"你去啊，我不会拦着你的，我哪里也不去，就在这里待着。"母驴又嗷嗷地叫。吕小琴又想：

"你好像听得懂一样，不过，你又怎么能明白我心里的想法呢？"

吕小琴用一根裤带，使劲勒肚子，在有坡度的地方，又滚又跳，她的肚子还是固执地膨胀起来。父亲是过来人，瞄上几眼，就明白了。他关上门，问是不是路大同的，吕小琴点一下头，脸上挂着两串泪水。父亲手里提着一根手腕粗的棍子，开始抽打吕小琴，像抽打一条装粮食用的破麻袋，每抽打一下，"嘭"的一声。吕小琴出于本能，弯曲着身子，护着肚子，全身仍被父亲打得青一块紫一块的，额头凸起一个包，冒出清水。打累了，父亲去到火塘边，一个人喝闷酒，一边偷偷抹泪。吕小琴在堂屋里的泥地上，躺了很久，才爬起来，上到楼上，和衣躺在床上。父亲来到堂屋，朝上面喊着，他说：

“从今天起，不要再出门，不然，我就杀了你。”

吕小琴很听话，直到孩子出生一月之后，又才出现在村里人的视线里。别人问她，她说找弟弟去了，弟弟在六盘水城里打工，她找到他，跟他在城里玩了几个月。孩子是雷大娘接生的，她是村里的接生婆。临盆时，她用一条黑黑的裤带勒在嘴里，压抑哭声。泪眼朦胧中，看到雷大娘被父亲，悄然领进屋里。孩子出生后，吕小琴艰难抬起头，想看上一眼，却被父亲用背挡住，麻利地用一块红色的毯子包着，抱着快步走出家门。

孩子就这样消失了，是男是女，吕小琴都不知道。问雷大娘，她说是个女孩，长得很漂亮，至于去了哪里，她也不知道。吕小琴时不时问一下父亲，每次他都冷冷地说：

“死了，我丢山里喂狗了。”

吕小琴知道，父亲是在说气话，他是不可能做出这样残忍的事情的。可女儿真的消失了，每念及此，吕小琴心里都空落落的，哪怕吃着饭，都会丢下碗筷，号啕大哭。父亲依然沉默，沟壑纵横的脸，弥漫着淡淡的烟雾，让人看不清他的眼睛。路大同的三姐，嫁在山外的一个小镇，叫金钟。头两胎是女孩，再生，还是女孩，年纪跟吕小琴的孩子差不了几天，为躲计划生育，把三女儿藏路大同家里。吕小琴经常过去看望，一为听听路大同的近况，二为看看这个孩子。每次见到，吕小琴都抱着不想放下，这里亲亲，那你捏捏，背过人去又掉眼泪。

这样又过了半年。突然有一天，路大同的母亲，把他三姐的女儿，抱到吕小琴家里来，交给她的父亲，说他们家不能再养了，路大同说了，孩子根本不是他的，事情已经问得很清楚了。吕小琴像挨了一记闷棍，抱着孩子，想哭，却发不出声音；看着父亲和路大同的母亲，在火塘边，声嘶力竭地相互叫喊。她明白过来，这一切，都是父亲在孩子出生前，跟路大同母亲商量好的。现在情况不同了，用父亲的话说：

“我们家高攀不起了，你快走吧，跟你家那个短命儿子吃国家的粮食去吧……除非是我死了，不然吕小琴要是敢踏进你家门槛半步，我就把她给杀了。”

路大同的母亲咒骂几句，才骂骂咧咧走出去，她刚走，父亲从吕小琴怀里，抢过孩子，也跟着走了。从那一天开始，吕小琴就真没再见过女儿。父亲一个星期后才回来，任凭吕小琴怎么哭闹，他都不说话，更不会透露半点关于孩子的信息。他变得越加沉默，如一根死去几百年的老树根。直到有一天，他一早起不来床，不能继续下地干活。看不出来他哪里病了，那么沉默的一个人，无动于衷的一个人，眼里突然蓄满了泪水。去世前三天，他躺在床上，又踢又叫，又蹬又闹，像个比吕小琴还需要疼爱的孩子。嘴里一遍又一遍叫着：

“小琴……小琴……”

然后，父亲死了，带着所有的秘密。他是用意志力让自己死去的，这比他的死亡本身，让吕小琴更加难过。弟弟长成大人了，脑袋四周刮得光溜溜的，只剩下青青的头皮，就头顶留着长长的黑发，走在路上，像他们家屋顶的一块青瓦，一抖一抖的。他对山里的家，没有依恋，没有感情，带不同的女孩回来过几次，住三两天，又会匆匆逃离。整个家，还有所有的土地，成了吕小琴一个人的。母驴又为给她生了一个崽，也是母的，有着母驴一样的毛色。

吕小琴一个人，家里，地里，忙不完的事情。没事了，她也会捏一根玉米棒子在手里，烤着柴火，慢慢剥着。偶尔，丢几粒玉米在火塘灰烬里，看着玉米，“噗”的一声，冒出几股白气，变成玉米花儿，开在忽闪的光影里。吕小琴不喜欢串门，也不喜欢别人来打扰自己，两只大眼睛，时常耷拉着。生孩子，让吕小琴的身子变粗、变胖，脸也圆圆的。气色也不好，搽雪花膏，也是一层灰，两条大辫子，留了几年，一直舍不得剪。她就是那时候喜欢上梳头发的，一下，一下，梳孔里捋过的，还有山村的风月，风月里的事情，却深埋在心底。

除了丢失的孩子，她尽可能不去想其他事情，尤其那些已经成了心结的，路大同、她的青春和爱情、父亲的意志力以及他说过的话语。当然，还有母亲，想到母亲，吕小琴才允许自己哭几声，哭声在木柴清幽的火苗里摇曳。这些木柴，是她一个人，去山里打来的，也有人愿意帮忙，吕小琴却不愿意。都是些男人，有村里打光棍的，也有死了老婆的，她一律陪着说笑几句，打发走了。直到有一天，王银仙出现在村子里。

王银仙不是要给吕小琴介绍男人，她只是把王小举带到她们村子里，想帮他找一个女人。王小举带着两千块钱，王银仙的三姨见谁都强调着。三姨就是雷大娘，她把吕小琴叫到家里去，说一起吃个饭，成不成，那是另外的事。吕小琴眼里的王小举，矮而胖，比自己高不了多少，肩膀厚实，肌肉凸起，一看就是做苦力的。头顶的头发也比较稀疏，像山洼里，她的驴子啃吃过后的草地。王小举吃饭不多，喜欢喝酒，一杯，又一杯。喝了酒，才敢抬眼，多看几眼吕小琴。吕小琴不问雷大娘，也不问王银仙，只问王小举。

“你的头发怎么了？”

“不知道，老掉。”

“你家哪里的？”

“四梨树村的。”

“四梨树村在哪里？”

“三区，有一两百里地。”

“你以前有老婆没？”

“没。”

“你有房子住没？”

“有的，”王小举笑了，“我刚刚建好不久的。”

“那好吧，”吕小琴也笑了，“我跟你去。”

前后才一个多星期，王小举一直住在雷大娘家等着。吕小琴找不到弟弟，她一瓢水把火塘灭了。粮食收到楼上的柜子里，锁上。门也锁上，连钥匙和两头驴子一起交给雷大娘，再让她转交给弟弟。吕小琴没做任何的奢望，可王小举所说的刚建好不久的房子，让她看着有些来气。十几平方米，一个火塘，一张吃饭的桌子，再添一张床，屋子里，几乎没什么空间了。多来几个人，都转不开身。还是黄泥巴夯的，四处贴着报纸，除一张床架，再没什么家什。吕小琴用王小举给的两千块钱（又被王小举拿回去一千五），各样添置，开始与他过起了与之前本质上并没多大区别的日子。

吕小琴是带着一股气离开四区的，气谁呢，似乎有所指，似乎又没有；似乎气某一个人，似乎气所有人。她用了三四年的时间，才把这股气捋顺过来。时间能愈合伤口，也能在一个人的心底，不断堆积某种情绪，迫使她妥协，也会迫使她，为了内心的不适，做出某种选择。明知王小举不会愿意，还是做他的工作，动员他陪自己，一起回四区去看看。

“我只有这么一个弟弟，”吕小琴说，“我不能对他不管不问的。”

“那你去啊，”王小举说，“谁拦住你了？”

“你是他姐夫呢，”吕小琴说，“你就不去看看他过得怎么样？”

“你是他姐姐，”王小举说，“也没见他来看看你过得怎么样。”

王小举说完，气冲冲往外走。吕小琴在门外叫住了他，王小举返身回来，给了吕小琴两百块钱。

“我去了，就会多住一阵子……”吕小琴说。

“随你，”王小举说，“你住多久都没关系。”

吕小琴花五十元钱，在乡场上买一些饼干、罐头之类的东西提着，第二天只身返回了四区。以前关于四区的信息，要么是王银仙的亲戚带来的，要么是王银仙自己探亲带来的。她早已知道了个大概，回去，也不过是眼见为实罢了。弟弟玩够了，踏实了，最后还是在村里找一个女人，安心过日子，两头母驴，继续养着，放牧的人，换成了弟弟媳妇和儿子。路大同是吕小琴离开的第三年回来的，他没当上干部，只不过转了士官，多当三年拿工资的兵而已。退役后，一直在家里待着，又变成一个庄稼人。他也结婚了，他舅舅介绍的，媳妇曾经当过几年的乡村代课老师，再后来，又变成一个普普通通的农村妇女，论样貌身材，还不如自己。

吕小琴不关心这些，她的心思全不在这上面。她都不在村子里走动，也没去别人家串门。前后去了二十多天，她只在弟弟家待一天，陪他们一家吃两顿饭，在他们家自己当年的床铺上睡一觉。第二天一早，去雷大娘家里坐了坐，就离开了。雷大娘送她到村口，抹着泪，要她照顾好自己，还交代她，不要太着急，什么事情，都得讲个缘分。除了王银仙，只有雷大娘知道，吕小琴是要去找她十余年前丢失的那个孩子。

离开四区前那两三年，哪怕是父亲还活着的时候，吕小琴背着所有人，也经常去找的。在别人眼里，她只是一个赶远路的大姑娘，撵着一头驴子，从这个村子，走到那个村子。驴子背上的箩筐里，驮着几十斤土豆，用来做路上的口粮。饿了，路边捡几根木材，烧了就吃，喝几口石头缝里流出来的山泉水，又继续上路。有人好奇，问做什么的，她随口编，说走亲戚的，或者赶乡场卖土豆的。别人却觉得不像，尤其是她一见到一两岁的小女孩，就挨近去看时，便以为她是个人贩子。不打她，也要把她撵得远远的。吕小琴少不得说实话，来龙去脉一讲，心软一点的，便会陪着掉几滴眼泪。告诉吕小琴，村子里，不曾有过这样的孩子。每经过一个村子，吕小琴都会认识几个熟人，让人家，如果碰到这样的孩子，就告诉她，她一定会重谢的。没人问她怎么重谢，吕小琴自己想着的，是她的两头驴子。她会把驴子直接送人，或者卖了，换成钱酬谢。

吕小琴没记数，她自己也不知道，都已经走过了多少个村子，但凡脚力一两天能来回的地方，她都走过一遍了。在她眼里，父亲一辈子都生活在四区，是不可能把孩子卖了，也不可能带到四区之外的任何地方的。王银仙带着王小举来到四区之前，她没死心，却想认命了，为让自己远离伤心之地，才义无反顾地跟着王小举走的。她没想过要嫁一个什么样的男人，似乎只要能带她离开生养之地，离开这个地方，不管是谁，她都愿意。

她以为，她很快又会有一个孩子，一样是从她的子宫、她的肚子里出来的，把对两个人的爱，倾注在一个人身上，她的情感焦点便会发生转移，生命中的某种缺失，也会得到弥补。哪承想，刚怀上没多久，便被王小举三两下打没了。再往后，不管王小举多么卖力，想什么办法，她的肚子再无任何动静。王小举越是气急败坏地打她，骂她，糟践她，她越是心平气和地接受这一切。随着时间的流逝，她又想明白一个道理，不管她再生多少个孩子，也不能改变她曾经丢失一个孩子的事实，也不会减轻她根植于血脉的身为人母的内疚感和负罪感。她都没有喂过一口奶，尽过一天做母亲的责任。

坐在门前，每一个村里的孩子经过，吕小琴都要比较一番，试想一下，自己失去的那个孩子，会有多高，长成什么模样，此时此刻，又在做着什么事情，收养她的家庭，爱不爱她，穷还是富，能不能吃好穿好，会不会受到别人的欺负。又或者，她会不会因为某一次重疾而夭折，早已经变成了几根细细白白的枯骨。吕小琴入情入境地想着，一天一天，一年一年，日子久了，脑子里开始出现幻觉。时不时地，一个人在耳边，用冷冷的口气提醒她：

“吕小琴，你还有个女儿的，你怎么不去找她？”她若不理，那个声音就一直呼喊着她的名字：“吕小琴、吕小琴……”

白天还好，吕小琴能区分是现实还是幻境，晚上由不得她了。那个声音固执地从夜色里传过来，在梦里，又一遍一遍呼喊着她的名字。吕小琴会“哎”的一声答应着，从床上坐起来。王小举要在，又被惊着了，会不管不问地踹她几脚。吕小琴不说话，拉被子盖好，接着睡，眼泪无声地流下来。她放任自己的情感，在思念的深渊里泛滥，那声音又变了调子，脆脆的，暖暖的，奶声奶气地喊：

“妈妈……妈妈……”

不管春秋冬夏，这声音都能隔山隔水地传过来，在吕小琴的耳畔萦绕，也在四梨树村的上空久久回荡。她是在悬崖边，那块凌空的石板上，会心地微笑着，想了很久，这才跟王小举提出，要回四区去看看的，就跟她当年决定离开四区时那样，心里迫切又义无反顾。只不过，尽管此后的三四年里，每一年她都会回去大半个月，不断扩大搜索范围，走遍更多的村庄，她丢失的孩子，依然杳无音信。吕小琴心存美好，毫不气馁，瞅准时机，偷偷筹备一下，又一个人朝着四区进发。在她心里，这已经不是能不能找到孩子的问题，她只有这么做，才能在心底，偷偷地应答，那一声声不时从另一个空间里传来的呼唤。若不然，她能做的，就是把父亲从坟墓里挖出来，用火红的铁棍抽打着，一遍又一遍地拷问他内心的秘密。这秘密，吕小琴怎么也没料想到，竟然是雷大娘为她破解的。

雷大娘从四区来到四梨树村王银仙的家里，不过她是来找吕小琴的。在吕小琴知道自己又有了身孕，意欲结束与田七七的感情纠葛的时候，王银仙来叫吕小琴，三个人关着门，在她的缝纫室里叽叽咕咕说了一个晚上。第二天一早，吕小琴收拾一番，跟着雷大娘，回四区去了。王小举不在家，吕小琴让王银仙转告他，说弟弟家里有事，她得回去看看。

弟弟家里前些日子，来了一个亲戚，是吕小琴小姨妈的二儿子。他还买走了吕小琴在家时，母驴下的第一个崽。小姨妈年轻时，偷偷跟前来修路的工程队的一个男人跑了。第三年，大儿子出生了，才带着小姨夫，三个人回过一次门。吕小琴的大舅和父亲，跟着送他们回去，顺道认下了这门亲戚。她那个地方太远，来回得一周的时间，属云南的宣威地界，还住在北盘江边上的一座大山里。从镇上到他们家，没有大路，只有一条羊肠小道，七弯八拐地往上爬一千多米。风景倒很好，坐在火塘边，就能看到浩浩荡荡的北盘江，从山下曲折的大峡谷里奔腾而过。就此一次，再往后，吕小琴这边没有人去，小姨妈那边也没人来。彼此之间，生老病死都不知道。

二表哥来吕小琴弟弟家里，是要告诉这边的亲戚，小姨妈病了，很严重。她意识到自己时日不多，很想这边能去几个人，见一见她，她也算是跟娘家人，彻底告别。二表哥是带着他的女儿一起来四区的，十几岁的孩子，大眼睛，长眉毛，梳两条小辫子，长得很清秀。大人们在家喝酒聊天，她穿一套酱红色的棉布衣服，跟着吕小琴弟弟的两个儿子，穿过村子，到山上去放驴。雷大娘在门前的院坝里晾晒玉米，晃眼看到，以为自己眼睛花了，又或者时间倒退了十几年，吕小琴又赶着驴子，上山去了。

雷大娘来四梨树村，就是要告诉吕小琴这个消息，她觉得这里面一定有问题。回到四区后，两个人都不动声色。吕小琴找弟弟问清楚了小姨妈家的地址，第二天又上路了。雷大娘跟着她一起去，她说她跟吕小琴的小姨妈是好姐妹，几十年不见了，她得去送她最后一程。话里还有其他意思，她不明说，吕小琴自然是知道了。

“姐，”吕小琴的弟弟在门前叫住她，说，“那我们就不去了，你和雷大娘就代表大家了吧。”

“好的。”吕小琴说。

现在的交通，自是比小姨妈嫁过去当年便利了很多，能坐车的路段，吕小琴和雷大娘尽可能坐车，于当天的黄昏时刻，赶到了小姨妈家里。这才知道，小姨夫四十挂零，就已病逝。他们的大儿子，十几岁时，跟人在北盘江里炸鱼，一截炸药扔迟了几秒钟，把自己给炸死了。现在给小姨妈养老送终的二儿子，是小姨妈在他小时候，在山下的北盘江边捡到的，跟小姨夫姓陈，取名全友。

小姨妈又瘦又小，形容枯槁，像个严重营养不良的孩子，躺在黑灯瞎火的一个小房子里，等待着她生命的最后时刻。陈全友给吕小琴和雷大娘每人端来一碗水，又点一盏煤油灯，送二人去小姨妈躺着的屋里。灯影闪烁中，小姨妈花白的头发乱糟糟地掩盖着她的眼睛，没死，就变得像个鬼魅。吕小琴蹲下身，趴在床头，帮她梳理好头发，才开始一声一声地喊她。

“小姨妈……小姨妈……”

小姨妈睁开眼，面无表情地看着吕小琴。雷大娘俯下身去，对小姨妈说：

“兰英，她是你姐家的吕小琴呢！”

小姨妈扭一下头，看着雷大娘。

“我你该认识了吧，兰英。”雷大娘又说。

小姨妈盯着雷大娘看一下，又一下，眼角倏地滑下两行热泪。吕小琴和雷大娘也跟着哭了起来。三个人哭了一阵，缓过劲来，雷大娘赶忙找小姨妈确认，果然跟她料想的那样，那个十余岁的小女孩，就是吕小琴的孩子。当年，吕小琴的父亲送过来的。陈全友娶不到媳妇，就送给他当女儿养了。他没说是自己的女儿吕小琴生的，说是他在来的路上捡到的。

吕小琴一到小姨妈家，就扯圈子看，没见着小女孩的身影。得到确认了，又红着眼睛走出来，正碰到她赶着两头驴子——其中一头也是当年吕小琴放过的——从屋后的一条山路上走出来。吕小琴看着她，哭不出声，眼泪却水一样地流淌。不等她近身，跑过去，一把把她搂在怀里。小女孩被吓着了，怯怯地叫了一声

“阿姨”。

陈全友在一旁劈柴，他有些不明就里，只是对女儿解释说：“别怕，她是你姑姑呢。”

陈全友还想做进一步解释，吕小琴却放声大哭起来。事情的原委是当天晚上吃饭时，由雷大娘讲清楚的。吕小琴和雷大娘，在小姨妈的家里住了一个多星期。雷大娘陪小姨妈说话，给她讲四区以及村子里的各种变化，讲当年的姐妹们，哪些还在，哪些却先一步走了。吕小琴陪女儿放驴子，在山上给她讲自己这么多年来，都是怎么找她的。

“妈妈，”女儿说，“你还回去吗？”

“回去，”吕小琴说，“不然我住哪里啊？”

“你就不能留下来跟我一起住吗？”

吕小琴抱着她，为她的简单想法哭了起来。

陈全友每天都早出晚归，骑着其中一头驴子，爬坡过河时，一点也看不出来，他有先天性小儿麻痹症，一条腿是瘸的。一问，才知道他在隔壁一个镇上，跟一个外地人学补锅，已经半年多了。过一个多月，等他赶着两头驴子出现在刘明德家院坝里时，技艺已经十分娴熟，谁也看不出来，他只不过是个刚出师的新手。

回到四梨树村的吕小琴，耳朵里依然能听到另一个空间里传来的呼喊声，不过她已能定位声音的方位，知道发自谁的口。没事了，她依然会来到屋子外面挨着悬崖的那块几乎凌空的石板，坐着想这样那样的事情，嘴角挂着苦涩的笑容。给她讲多开心的事，她的笑容都会突然收住，不是没有了，而是一点一点，收缩到嘴角上，溜滑到心坎里。王银仙一看到她这样，内心会隐隐地疼。她知道，吕小琴又想女儿了。

那几天，吕小琴和女儿一起吃，一起睡，一起上山去放驴。走到哪里，女儿都紧紧地挨着她。她嫩嫩的声音，柔软又温暖的身子，还有眼神中，那种惶惑又无助的表情，想起来，都让吕小琴揪心不已。她最不敢面对的，是女儿问她能不能留下来的问题。雷大娘陪着她，又来到四梨树村的王银仙家住了一个星期。三个人，没事了，继续在王银仙的缝纫室里，回味在北盘江边的点点滴滴。大娘说，十几年不知道自己的妈妈是谁，现在见着了，又不能留在身边，真的太可怜了。吕小琴被戳中软肋，放声哭了起来。

“要不，”王银仙建议，“你做一下王小举的思想工作，以收养的名义把女儿带过来。”

“你就别提这个了。”吕小琴说。

她一直没告诉王小举，自己怀孕了，反倒是逗他，说自己这一辈子，有可能都怀不上孩子了，他们能不能收养一个，且不是完全没有任何关系的那种。她想进一步告诉他，小姨妈死了，之前她收养过一个孩子，这下她死了，没人照料……话没说话，王小举眼睛瞪得圆圆的看着她，问：

“你找死是不是？老子连你都不想养了，还养别人的孩子。”

“那你还是别惹他了，”王银仙说，“躲他远一点，不然又把这个孩子打没了。”

雷大娘这才知道，吕小琴之前曾被王小举打没了一个孩子。心疼地说：

"小琴，要知道他是这样的人，当初我说什么也不会介绍你嫁给他的。"

"要我说，"王银仙大大咧咧地说，"你干脆听女儿的，过去跟他们住得了。"

"姐，"吕小琴说，"你可别瞎说，传出去，可不得了了。"

"我知道你担心什么，"王银仙说，"姐心里有数了。"

恰巧丈夫黄风云去云南宣威学习酿酒技艺那个地方，离吕小琴女儿所在的村子并不远。她私底下交代丈夫去看望吕小琴的女儿和陈全友，还带吕小琴的女儿去镇上，拍几张照片，带回来给吕小琴。吕小琴不敢把女儿的照片放家里，继续让王银仙收着，时不时跑过来，看上几眼。自己过的日子已经够苦了，没想到女儿一直以来，过得更不容易。吕小琴看着照片，想着这些，又会哭得稀里哗啦的。

王银仙把吕小琴当妹妹，比亲妹妹还亲，看在眼里，疼在心里，为她安排这样那样的事情，想着法子让吕小琴开心。家里有什么好吃好喝的，都要给吕小琴预留一份，连给刘明德买寿衣布料时，顺带买回来的水红布，也有一半是为吕小琴买的。从刘德明家出来后，王银仙直接把吕小琴拉到家里，在缝纫机上，拿起一件衣服，让吕小琴试一试。吕小琴明白过来，竭力挣脱。王银仙假装生气，白她一眼，还在她屁股上，掐上一把。

"姐，"吕小琴说，"我不能老拿你的东西。"

"喊姐，"王银仙说，"还跟我说这些。"

"我什么都给不了你……"

“那是你没有，”王银仙说，“不然也会给姐的。”

刚让吕小琴试好,王银仙十二岁的儿子黄小满,在院子里,喊:

“妈，妈。”

“哎。”王银仙回应问，“怎么了？”

“该我们家导铝锅了。”

王银仙和吕小琴一起走出去，她要导一口炒菜用的。补锅匠陈全友——四梨树村人，除王银仙两夫妻和吕小琴，没任何人知道他的名字——打开身边的两个木盒子，里面装着导铝锅用的模子。模子是用黄褐色的黏土做的，敞口一样大，不过一个底浅，一个底深。王银仙选了一个底浅的。陈全友才来村里三天不到，却也跟村里人十分熟悉。有人跟他开玩笑，也有人问他各种各样的问题。比如：

“你出来多久了？”

“两三个月。”

“不想家？”

“想的，”陈全友说，“哪有不想的，补完你们村的锅，我这就回去，眼看就要过年了。”

“你这个技术，”又有人说，“钱没少挣，但太辛苦。”

“是的，”陈全友说，“到处风餐露宿，连口热汤热饭都吃不着。”

“大兄弟，”王银仙接过话来，说，“你少收我几块钱，我给你做顿好吃的。”

“这个——”陈全友有些犹豫，“好像不太好吧。”

“我还请你喝酒，”王银仙指了指正在一团白气里忙进忙出的黄风云说，“你想喝多少都可以。”

“那——好吧——”陈全友说。

王银仙拉一把吕小琴，两个人一起走出人群。

“姐，”吕小琴说，“我就不去了吧。”

“这又怎么了，”王银仙说，“要我当小姑娘一样哄你？”

“姐，我心跳得不行……”

“你要听我的，又何必折腾自己，又折腾人的？”

“我老觉得，你把事情想得太简单了。”

“你怎么不说是你把事情想复杂了？”

“那不是……”

“赶紧的，别磨叽了。”

王银仙又拽了一把吕小琴，两个人一起走回家去。她先吩咐黄风云，刚酿好的头酒，匀出来三斤，放在火塘的火盘上温着。还告诉他，帮忙烧一壶水，待会儿给陈全友洗把脸洗个澡。又叫她家黄小满，杀一只老母鸡，脱毛，放在厨房。交代完了，这才与吕小琴一起去到厨房，一个洗腊肉，一个刮老猪脚，忙得不可开交。

陈全友是天落黑才去到王银仙家里的，他告诉黄风云，紧赶慢赶，又多补了三个锅。

“还有多少没补？”黄风云问。

“四五个，明天一上午就能忙完，收拾收拾，就回去。”

两个人正聊着，吕小琴出来了，站在门边，却不说话。黄风云问：

“有什么事，小琴？”

“让他进去洗一洗，洗了好吃饭。”吕小琴说。

“你先进去吧，”黄风云对陈全友说，“我收拾收拾就进来。”

陈全友跟在吕小琴身后，往屋里走去。

“你把孩子放哪儿了？”吕小琴在前面问。

“让邻居帮忙照看几天，我告诉她，我们很快就回去。”陈全友在后面说。

“她让你来你就来了？我又没说要跟你去。”

“那我就当出门练练手艺，挣钱给孩子买点好吃的。”

说着话，陈全友去到黄小满房间里，半小时就洗好了，没衣服换，看上去还是那么灰扑扑的，不过脸上白净许多，湿湿的头发，从中间分开，如一边脑袋，挂着一片黑黑的瓦片。火塘火盘上，摆着五荤三素八个菜，荤菜有烧腊肉、土豆焖土鸡、干豆皮煮猪脚、红焖猪头肉及血豆腐，素菜有油炸土豆片、凉拌折耳根，以及红豆酸菜汤。王银仙是按照四梨树村最讲究的待客之道安排的。陈全友看着满桌子的菜，说：

“我都不敢动筷子了。”

“你怕什么？”王银仙说，“铝锅钱你该收还收。”

“那我就放心了。”

陈全友这么一说，平日不怎么爱笑的黄风云也笑起来。

“小琴，”王银仙又说，“你给他夹菜啊。”

“要吃什么，他自己来。”吕小琴说。

“对，对，”陈全友说，“我自己来，这一年来，今天是吃得最好的一顿饭了。”

“你好好挣钱，以后会有人天天给你做的，人家的手艺比我还好呢。”王银仙说。

五个人一边吃，一边聊，更多时候，是听陈全友分享补锅路上的各种趣事。黄小满还不会喝酒，扒拉几口，又急着去刘小亮家看别人打麻将。他一拉开门，一股潮湿的冷气和淅淅沥沥的雨声，传进屋里。一同进来的，还有黄小满养的一条大黄狗。许是冷了，一进门，大黄狗就往火塘边挤，往人的身上靠。黄风云叫住儿子，让他把狗拉出去。黄小满照做了，但他刚拉出去不久，大黄狗又不知从什么地方跑进来，黏在火塘及他们身边，打死都不愿意出去。嘴里还“嗯啊，嗯啊”地叫，跟一个人哀恸时，怎么也抑制不住的哭声一样。陈全友意识到了什么，起身走到门边，仔细聆听。夜已经很深了，透过淅淅沥沥的雨声，他听到，关在刘小亮家猪圈里的两头驴子，也跟着叫得“嗯啊，嗯啊”的。于是，陈全友走回火塘边，对怒气冲冲的黄风云说。

“别撵了，它不会出去的。就让它待在家里吧。”

“怎么了？”黄风云问。

“我的驴子也在叫呢。”

“你的驴子？”

“要出事了。”陈全友说。

吕小琴也意识到了什么，她拉开门走出去，往村外的山里瞟一眼，夜雨中，什么也看不见，只有无尽的黑夜，和黑夜里，无尽的空茫。不知道陈全友想起了什么，这情景，吕小琴想到的是自己的父亲，父亲死的那个晚上，邻居家的狗和自己养的驴子，也是这样叫的。于是，吕小琴走回去，对王银仙说：

“姐，刘明德肯定过不了今晚了。”

太木路

“教授，”见吃喝得差不多了，我隔着热气氤氲的鸳鸯锅，把手机递过去，“我给你看一张照片。”

教授刚去东京大学做两个月的访问学者回到家，就被我拉到太木路的一家餐馆里。接过手机，教授用右手的食指在屏幕上划拉着，匆匆瞟一眼，又递回我。问：

“抓到了吗？就是这两人？”

“什么抓到了？”

“偷你东西的人。”

“不是，不是这么回事。”我摇了摇头。

最近一段日子，家里总莫名其妙丢东西，早前我给教授说过这事。都是些小东西，剃须刀、润滑剂、火机、安全套、香烟、化妆品等，丢得最多的是书籍和衣服。什么东西，回到家里，该放什么地方，我心里是有数的。转眼，却怎么也找不着，客厅、厨房、洗手间，哪怕再狭小的空间，都翻检了一遍，还是寻不着。索性不用管它，睡一觉醒来，再看，他们又都在原来的位置上。

教授不信，说我这段时间，浑浑噩噩，丢了魂一样，一定是患健忘症了。为说服他，我告诉教授，一包烟，抽剩几支，我还数不过来吗？一转眼，就所剩无几了，还有酒，喝剩的半瓶，一觉醒来，就成了空瓶子。教授哈哈大笑，反问我，你一边喝酒，一边抽烟，醉得一塌糊涂，怎么又记得住自己抽了多少支？你连自己喝醉了都不知道，好几次不都是我送你回去。第二天问你，你还以为你自己打的回去的呢。这倒也是，我说，不过，教授，有一晚上，也是跟你喝酒之后，我先说，我没喝醉，远远看着我们家窗户是亮着的，随即又灭了，我紧走慢赶，快要到家门前时，看到一个黑影在窗前一闪而过，我还追了好几里地呢，没追上。回来一看，门锁好好的，家里也没丢什么东西，你说奇怪不奇怪。

“这也是喝酒后出现的幻觉，你不能把自己的胃当酒瓶，什么酒都毫无节制往里面倒，再这么喝下去，你会连命都喝没了。我看你还是得适可而止。”

“你不也没少喝，你会出现这样的幻觉？”

“有时候会。”

“你家里也会这样丢东西？”

“戴着帽子找帽子的事，谁没经历过呢，不用紧张。”

我本计划搬家的，听教授这么说，也就不怎么放在心上，可随后发生的事情，却让我吃惊不小：我发现，我挂床头的一条连衣裙，连同一些其他的女性用品，不翼而飞了。此刻，教授再次提到失盗的事情，就乘机告诉了他。教授不关心连衣裙是怎么失盗的，是否跟之前的一样，一转眼，又回来了。他关心的是，我家里怎么会有一条连衣裙。

“是我女朋友的，还不止一条呢，我经常给她买衣服的。”

“你什么时候有女朋友了，我怎么不知道？”

“你不知道的事情还多呢，你先看照片吧。”

听我这么说，教授重新拿过我的手机，点开照片，认真端详着，偶尔抬抬银边眼镜，脸上的神情疑惑中又带几分失落。时不时，还用余光瞟我一眼。

照片没什么特别的，不过是一对年轻男女坐在餐桌前，很认真地点菜而已。菜单放在桌上，在两人之间，男人的手指点中菜单的某一处，等待拿铅笔的女人去画一个钩，或者作一个别的记号。照片就定格在这一瞬间。如果用心一点，还能看出，坐实木靠背椅上的男人，身板十分瘦小，这种瘦，不只体现在身高和肌肉上，还体现在他细小的骨骼和狭长的脸颊上。更让人印象深刻的，是他的眼神，茫然又不失深邃，像一潭浑浊的水，你只要跟他对视一秒钟，就能看见他眼里浮动的沙砾。男人穿格子衬衫，长袖的，格子白一块、红一块、黑一块，交错分布，看似无序，认真辨别，又不尽然。他身边的女人，身高跟他差不多，留齐耳的短发，在男子的衬托下，那张粉白的脸，分外地圆。她的五官还算精致，说不上漂亮，是那种越看越耐看的女人。有的女人，你不会在乎她是否漂亮，她只要给你一个眼神，你就会有潮水汹涌而来的感觉。怎么说呢，这样的女人，从身段到举手投足间，都能化身为水，将你淹没。你明知会溺死，也永远不会离她半步。照片上的女人，就是这样一个人。她身上穿的那款长裙，跟我挂在床头且已经失盗的那条一模一样，它有着柔软的质地和不凡的气质，光是看着它，每一次我的小腹都会抽动一下。裙子红底碎花，花是黑色的，似落霞的天空，飞舞着黑色的蝴蝶。蝴蝶的翅膀，都亮着金色，相互呼应，盯着看的时间久了，给人一种眩晕的感觉。这或许就是教授感到疑惑的原因。

时间已经不早，天色空茫微雨。我们从午后落座至今，喝下去一斤小糊涂仙。每人又要一瓶金威啤酒，茶一样喝着。两种酒在胃里再次发酵，提升着酒精的劲头，也让教授的舌头打了个结，嗫嚅着，想说点什么，终没说出，又瞟我一眼，继续盯着照片。

我想问他，看出点什么没有，但我知道，教授需要时间，慢慢捋一捋自己的思绪。于是，我转过头，隔着落地玻璃窗看着外面的太木路。太木路总长不过五公里，东边连接的是榴桐公园，西边是蝶泰特文化中心，我为之工作的杂志社就在这里。太木路是我工作和生活的中心，两侧长满高大的大叶榕，枝繁叶茂，遮挡了日月之光，也遮挡着雨水。偶有一两滴从枝丫间滑落，也是几经汇聚，不断壮大，才能穿过密密匝匝的叶片，在昏暗的路灯里短暂飘浮后，又在潮湿的路面上，碎裂成原来的样子。

"这是谁啊？"正出神，教授说话了，似乎没看出任何端倪。问我："我认识？"

"认识！"我举着杯，跟意欲痛饮一杯的教授碰一下。据我们聊天的风格，教授知道，我是在跟他卖关子，而这里面是大有文章的。他知道，我是在酝酿情绪，喝那么多酒，都是为这一刻准备的。更何况，餐馆里的大部分客人已散去，我们又坐在一个相对偏僻的角落，此刻，已经十分安静。他挥手叫来服务员，说想再添加点火锅配菜。被我拦住了，我说：

"菜不要了，每人再来两瓶啤酒吧。"

“好。”教授等服务员开单走开，又怔怔看着我，意思是喝酒也行，你继续吧。

“你就没看出点什么来？”我问。

“看出来了，”教授又拿起我的手机，很认真地看一眼照片，“就是在我们吃饭这家餐馆拍的，对吧？吊灯、餐桌、收银台……全都一模一样。”

“还有呢？”

“就这些，还有什么？还有的我正等着你告诉我呢。”

“也难怪，都过去二十年了，你自然是看不出来的。”我说。

“什么叫都过去二十年了？”

“就是说，事情在很早很早以前就已经发生了，早得比我的记忆还要长久。不过，我还是从一场车祸讲起吧，这是三个月以前发生的事情，就在太木路上，事情就发生在这对情侣身上。”

“我怎么不知道，报纸上，网络上，也没见人说。”

“这就是问题所在，教授。”

我自顾自地喝一口啤酒，略作沉思，想尽可能周详地将那晚的情形，还原给教授，却又被教授拦住了。

“等一下，”教授说，“你至少得先告诉我他们是谁吧？你说我认识，可我一点印象都没。”

“等一下你不就知道了。”

“可别，”教授说，“我都急死了。”

我只好暂缓，反问教授，是否还记得，几年前，他给我讲过的一个故事。这个故事十分重要，教授因此改变了自己的空间物理学研究方向，眼睛不再盯着茫茫太空，在宇宙的浩渺中探求各种规律，而专注于空间与时间的相互作用。几年下来，已出了几本专著，成为国内在此研究领域的第一人，放眼世界，他的研究成果也是可以比肩美国和欧洲国家的。

故事发生在教授报名参加海南五日游的过程中，到达天涯海角那一天。看着波涛汹涌一望无垠的大海，看着这个被许多人称为天尽头的自己打小就向往的地方，教授一点也兴奋不起来。既有得偿所愿后的茫然无措，也有不知何往的哀伤，眼里渐渐就有了泪意。为避免尴尬，也为舒缓自己的情绪，教授悄然去到洗手间洗了把脸，乘机又小解一回。等他再次回到沙滩上，原来跟他一直走得很近的一个来自安徽芜湖的团友就不再理他了。她说，她刚才想坐在沙滩上的一棵歪脖子椰树上，背对大海照一张相，手机递给教授，教授却不愿意，让教授用自己的手机拍，教授干脆径直走开，不理她。天地良心，教授解释说，自己刚才去洗手间，你一定是认错人了。是，我认错人了，我真是看错人了。她说完，给教授一个白眼，气嘟嘟地走了。任教授跟在身后怎么解释，这个被教授暗自认为是他们这个团里最漂亮的女人，都不再搭理他。内心本就不适的教授，完全败了兴致，无心再看任何风景，把手机交给其他团友，随便给自己拍几张纪念照，找个有树荫能看海的地方坐下，索然无味地等着旅行团早一点结束当日的行程，回到酒店休息。那时候，女人的火气早该消下去，再好好跟她解释。

百无聊赖中，教授把刚才拍的照片翻出来看了看，赫然在其中一张上，发现一个让自己大吃一惊的身影。确切点说，是一个跟教授一模一样的人，身板，面貌，不差分毫，就穿着不同。教授穿的是一套浅灰色运动衫，那人穿的是蓝色的 T 恤加黑色的短裤，站在离教授一丈开外的地方，斜靠着沙滩上的一棵椰树，目不转睛地看着教授。那神情，有欣赏、似赞许，还有淡淡的悲伤，一如教授在洗手间的镜子上看到的那个带着泪意的自己。他的眼神里有着千言万语，隔着手机屏幕，教授完全都能感受到。一瞬间，教授的心口如一颗子弹穿过胸膛般的疼痛。不由“啊”的一声，手机也掉在地上。他捡起手机的同时，下意识站起身，往刚才拍照的地点跑去。他想找到那个人，他知道，刚才一定有什么自己还无法理解的事情发生了。作为一个对一切未知都孜孜以求的高校教授，内心与那人眼神所传递出的信息产生共振后，带着使命般的毅力，在沙滩上四处奔跑，可那人却又消失得无影无踪。教授的心不再在那个女人身上，甚至都无心再参加后续的行程，剩下的时间，都用来探寻和求证这件事所引发的关于时间与空间的各种思考。在全世界范围内收集相关案例，包括类似的文学及影视艺术作品，但大部分资料都指向了两个字：双生。每一个人都不是独立存在的，在你存在的同时，这个世界的另一个地方，一定还有另一个你。如果幸运，你这一生，就有可能与他相见；或者，在某种机缘下，你看不见，却也能感知到他的存在及流露出来的思想感情。有的时候，另一个你的情绪，还会感染到你，为什么我们有时候会莫名地忧伤，甚至还能隐隐听到一些哀伤的旋律在耳畔回响，就是这个道理。但教授觉得这个观点过于主观，缺乏科学依据，是为艺术而艺术，永远也不是一种现实存在。他坚信，自己见识到的，完全是另一回事，而他也将用毕生的精力来证明自己。空间是无际的，多重的，也是可以相互融合的；时间，无始无终，随意流动，而被时间记录下的，也会跟着流动，在不同的空间里自由穿行。从这个角度来说，哪怕是一切向死而生的，其实都还在另一个空间里活着。教授是在用自己的研究证明，他所看到的，是被时间带走后又穿行回来的自己，在同一个空间里同时出现。到如今，教授已进一步延伸了自己的研究成果，他最新发表在《世界自然科学》上的研究成果还说，就因为人类认知的局限，才会有对妖魔鬼怪的误解，其实我们所看到的，都是被时间之流所带来的不同空间、不同历史时期、不同文化背景里的现实存在，甚至有可能还是完全无法理解的不同物种。

我让他回忆他曾经给我讲述过的故事，是要告诉他，他所遭遇过的，而今我也正在遭遇，但教授不以为然。

“你这完全不是一回事。”教授说。

“怎么就不是了？”

“照片明摆着的嘛。”教授没有邀我，自己喝了一杯啤酒。“对了，你这照片拍多久了？”

“三四个月。我跟几个文友在这儿吃饭，一抬头，看到他们坐在我左前方隔着两张桌子的地方，我装作刷屏看新闻，偷偷拍下来。我当时就想到了你给我讲过的事情，我也想知道到底是怎么回事。我当晚还偷偷跟踪他们了，后来我又见过他们好几次。就算没有最后这场车祸进一步佐证，我也知道，这一切，并不是某种巧得不能再巧的机缘，而你的那些研究理论，也不是没有现实依据的一套玄而又玄的东西。”

“你说照片上这个男人就是你？”

“对的。”

“那我问你，这个女人是谁？”

“他，这个男人的女朋友，也可以说是我的女朋友。”

“也跟你一样？两个女的也一模一样？”

“是的，她身上穿着的这条裙子还是我买的。”

“对了，你说你家里的裙子丢了？”

“是的，还丢了一些别的东西，内衣、化妆品等乱七八糟的东西。好几天了，我以为过几天，它就会回来的，又跟往常一样，出现在我的床头，但到现在，我都还没看见。”

“那你家里真的经常丢东西？”

“我跟你说了，你还说是幻觉，根本不信。”

“你报警了吗？”

“报了，警察来家里拍了照，还把我叫到所里做了笔录。他们说，小区和街道上，都有监控，如果真有人进到家里偷了我的东西，就一定会被监控拍下来的，除非监控坏了，又或者，那个人会飞。”

“那你还是小心一点，丢东西不怕，人得确保安全。”

“怕什么呢，教授，死了一个，还有一个，你的研究涉及这方面没？”

“别瞎说……我问你，按你所说，他就是你，你就是他，见这么多次面，他们认出你来了吗？”

“没有，我要不说，光看着我，他们是不会知道这一点的。”

“为什么？就因为你的模样发生变化了吗？”

“教授，照片上这个人，他其实是二十年前的我，我二十年前就是这个样子。我那时候没拍过照片，不然马上给你看，你就明白了。当然，脸型的变化也是很大的原因。”

我一边说着，轻轻抚摸了一下自己的左脸。我左脸的髋骨整个被削平了，脸颊平平的，从眉梢以下，一直到下巴颏，都是一个相对垂直的平面。要不是吃饭，除了睡觉的时候，我都是戴着口罩生活。在别人眼里，我跟怪物一样。偶尔见一下朋友，也都是教授这一类关系好到如血脉兄弟一样的。我们专挑餐馆偏僻的角落坐，也是因了这个。

“你也知道，”教授说，“越是权威的专家，就越得对事实予以事无巨细的求证……”

“我跟你一样，所以才想到要告诉你那场发生在三个月前的车祸。”

“好吧。”教授说着，想给我添一杯啤酒，却发现刚才叫来的两瓶啤酒已经空了。他说：“没有了，不过我也差不多到位了。”

“再来两瓶吧？”我说。

“还喝？”

“心里痒痒的，感觉还差一点，再来两瓶吧？”

“你继续，”教授说，“我来叫服务员。”

“是这么回事，教授，”我说，“那一晚，正好是我女朋友去世二十周年，我一个人在街上走着走着，心里堵得难受，想一个人找一个地方喝几杯。这个念头一起，不由自主来到了太木餐馆。这里就像是我的根据地，我来这个城市第一次下馆子，是在这个餐馆。我们第一次文友聚会，一起见面吃饭，也是在这个餐馆。”

“对，太木路，太木餐馆。”教授说。

“我一个人点了一盘铁板土豆，一盘水煮牛肉，还点了一盘空心菜，边吃边喝，心里无限地伤感。我想了很多，甚至有时候都会有轻生的念头。每次去海边玩，站在悬崖上，我都会有纵身一跃，在大风大浪里瞬间消失的冲动。情绪更坏时，在街上走着走着，我就直想往别人的车轱辘下钻……”

“我感觉到了，”教授说，“看你最近的诗歌，全是死亡的气息。你喜欢用百合做意象，但每一株百合都开着黑色的花朵，散发着黑色的气息，将你引向万劫不复的境地。”

“你说得对。教授，我今年四十五了，就算我是个高寿的人，能活九十岁，人生已经过去一半了。可回首一看，四十五年的烟尘里，手心里什么都把握不住，空空荡荡的，我的心里也是空空荡荡的。我不知道自己为什么要活着，什么荣誉啊，成就啊，对我这个孤苦无依的人来说是没有意义的——我记得我告诉过你的，我的父亲很早就死了，他是个挖煤工，在我们那种小煤窑里，还是个酒鬼，曾因跟人打赌一次喝下去四斤白酒。我们都以为他必死无疑，后事都安排好了，他在棺材边的一块门板上躺了七天，又活了回来。喝酒不怕，一喝酒就发酒疯，跟村里人吵架，打人，谁惹他就打谁，没人惹，就打我的母亲。我曾经好想杀了他，要不是他把自己喝成了肝癌死翘翘了的话，我真有可能会这么做的。他的死对他自己，对我们家都是一种解脱。他自己一点都不知道，还告诉我，让我借点钱，带他去医院看看。他的意思是，只要听医生的话，好好吃点药，他又可以活过来，又可以喝酒，又可以打人了。我没理他，我恨他，但眼睁睁看着他死，心里还是有些受不了。我的母亲晚他几年死，得的是些莫名其妙的病，医生说，她的内脏全都坏掉了。我也没告诉她到底怎么回事，她自己感受到了，知道自己时日不多，就让我天天陪在身边，也是眼巴巴地看着她，身体从又白又胖，变成了几根又黑又瘦的枯骨，最后就死了。还有一个姐姐，她生完孩子从医院回家当晚，请乡村医生打消炎药，不知道为什么，死了。教授，我是一个被亡灵环绕着的人，身上怎能没有死亡的气息呢——这些东西，根本抵挡不住，孤独对我生命的无情侵蚀。”

“还有一些东西，我没告诉过你，我跟任何人都不说。你知道吗？多少次，你送我回家，哪怕喝醉了，我心里都紧绷着一根弦，那就是一定不能让你进到屋里。教授，我谁也没往家里带过，哪怕是警察，我也是先收拾一番，才让他们进去的。不管关系有多么好，一旦踏足，不但会知晓了我的秘密，还会破坏了我苦心营造的某种平衡。”

“你家里还隐藏着秘密？”教授说。

“谁没点小秘密呢，不是什么见不得人的，教授，是关于我一个人的孤独的秘密。”

我告诉教授，除了跟要好的朋友偶尔坐坐，平时下班了，我都是一个人待在家里，我有我的方式去消遣从指间流走的每一寸光阴。他在我的诗歌里看出来了，我喜欢百合花，百合花会以不同的形象出现在我的文字里。它代表着不同的意象，而这些意象，又在我的家里，组成了一个独立于世的王国。每周，我都会在电视柜上的花瓶里插一束刚采摘来的百合。我喜欢这种花纯净优雅的香味，换水时添加点啤酒，就能延长花期。在家里，我时常喝着酒，闻着花香，陷入冥思，其实脑袋里空空如也，一句诗也想不起来。坐在靠背椅上抖动小腿肚子的肌肉、研究掌上的纹线，也能让我轻松消磨掉一个晚上。虽然发表过一些诗歌，但我并不觉得自己是一个诗人，我觉得自己的身体，比诗歌本身还要虚无缥缈，哪怕窗缝里的一丝风，也能把我吹得无影无踪。只有在镜子里端详自己的身体时，我的思想才会深刻一些。我不喜欢我的圆脸，不喜欢我的板寸头，还有我浓黑的眉毛下深邃的眼睛。怎么说好呢，我一点也不喜欢我自己，一个连自己都不喜欢的人，是根本无法喜欢上这个世界的。

我还告诉教授，我不是一个人生活，我们家里，还有一个人，一个女人，时时刻刻陪着我，我给她取的名字，就叫百合。百合是一个硅胶娃娃，她已经陪伴我两年多了。失去照片上这个女人后，百合就成了我的精神寄托。

我们家里丢失的那条裙子，我珍藏了多年，它现在是属于百合的，小偷连百合的睡裙也偷走了。每一天早上起来洗完脸，我就把百合的衣服摊在床上，让她自己挑一套喜欢的，再给她穿上，抱她下床后，跟她开一个小小的玩笑，问她喜欢看电视，还是玩电脑，如果她选择看电视，我偏偏把她放到电脑前的靠椅上，打开音乐给她听。反之，就把她放到沙发上，开了电视，把遥控器塞在她的手里。然后开门出去，假装上班去了，却并不真走，而是站在门外，过个五六分钟，听听她会有什么动静，再冷不防地打开门，笑着满足她的要求。

百合很安静，会一整天待在家里等我下班，我一进门就会给她一个拥抱，端详着她的脸，盯视她的眼睛，看她有什么地方不对劲，一整天过得是否开心，直到确认她没什么不快，才放心坐下来，肩并肩地一起看电视。我会问她最近都流行什么电视剧，然后陪着她看一两集。我们偶尔还喝点红酒，每人一杯，舒筋活血，有助睡眠。她喝不完的，我帮她喝。

百合个头比我矮二十厘米，体重也轻三十多斤，齐耳的短发衬着白净精致的瓜子脸，朱唇微启，浅笑盈盈。她是别人制造的，我无法确定她长什么样，但我可以尽量将她打扮得跟我的女朋友一模一样。我还知道，女孩子都爱美，我也会想尽办法，将她打扮得漂亮一些。给她各种装扮，又成了我最大的乐趣，占去了我晚上的绝大部分时间。至于那条裙子，我在特别的时候才给她穿上。

当然，许多方面，我还是有所保留的，不想向教授讲述得那么详细。不过我希望他能理解，这一切，都排遣不尽我内心长期郁结的苦闷。尤其是在女朋友二十周年祭日，这样特殊的日子里。当我酒后走出太木餐馆，一个人形单影只地走在太木路上时，内心的绝望与无助，教授可想而知。所以，听到这里的时候，教授把他的手从火锅上伸过来，轻轻地握了一下我的手，以示安慰。问我：

“酒喝完了，时间也不早了，我们买单边走边聊吧？”

我同意了，趁机看看窗外，雨已经停了。

“那走吧，”教授说，“我都买过单了。”出得门来，教授又问：“车祸也是这一晚发生的？”

“是的。”我说，“一切都是情景再现。”

二十年前的这一天，在我们所住的城中村出租屋里，女朋友刚刚答应了我的求婚——我没有送她订婚戒指，没有钱，且她也不会计较这个。此前，她告诉我，在街上看到过一条红底碎花蝴蝶翻飞的连衣裙，很是喜欢。我就偷偷买来送给她，还借此向她求婚，她满心欢喜地答应了。连衣裙穿在她的身上，艳而不谄，媚而不俗，本就柔软的身段变得更加飘逸而又灵动。我抱住她，舍不得撒手。那一晚，我第一次跟一个女人做爱，激动得不行，还哭了。我说，这回我们就变成一个人了，你是我唯一亲人了。她说，是的，一辈子，死也不会分开。我们说了许多没完没了的傻话。然后精疲力竭地爬起来，去太木路的太木餐馆吃饭。那晚，我们还点了啤酒，我喝三瓶，女朋友喝一瓶，两个人都有些晕。回去时，两个人搀扶在一起，还觉得像漂在水上。太木路就像一条大河，波浪滚滚。我们不是在走路，而是被涛浪推着走的。我用右手环在她的腰上，她笑着说：

“手再高一点。”

我的手就往上，移到她的背上继续箍住她的身子。

“再高一点。”她又说。

我就把手继续往上移动，伸到了她的腋下。她顺势抓住我的手指往前一扯，我的整个手心正好合在了她的乳房上。这一举动，把我们两人都逗笑起来。我说：

“同志，变坏了哦！”

她就恼了，用拳头使劲捶我。我就躲，跌跌撞撞往前跑，她也是，跌跌撞撞在后面追。就这时候，车祸发生了。我只听到一阵刺耳的刹车声，刚回头，看到一片刺眼的灯光，人就整个飞了出去。身体腾空的瞬间，我能意识到自己出车祸了，但根本不知道自己伤到什么地方。这一次，我算是看得清清楚楚了。

酒后走出太木餐馆，也是凌晨时分，太木路沐浴在月光下，似一条银光闪闪的河流。我顺河而下，快要走到太木路与西莨路交会处时，也是一抬头，又看到他们二人，就在我前面两三百米的地方。先是相互搀扶，随即又打闹嬉戏，一点也意识不到西莨路上，一辆泥头车左转弯后，狂奔而来。路段有一定的弧度，又被许多的大叶榕遮挡住视线。我知道车祸是一定要发生的，不管这样做会不会破坏某种平衡，我还是力图这样去做。我紧跑一程，朝他们大喊，他们听不到，玩得太投入了。我只得立住身子，不停朝泥头车招手。司机注意到了，立即采取制动措施，轮胎在白白的月光下，刹出了两条长长的黑黑的冒烟的痕迹，但我们谁都不知道，泥头车后面还有一辆摩托车。摩托车一个躲闪，绕开了泥头车，就那么一瞬，与他们二人结结实实撞在一起。电光石火间，我还看到，女朋友推了他一把，而自己，正好顶在摩托车的前轮上，飞出去好远，好远。

可以说，是女朋友救了他一命，也可以说，是女朋友救了我一命，她不推上这一把，这一天，也就是我的祭日了。也不知道是谁报的警，在警察拉起警戒线之前，我走过去，看到他四仰八叉地躺在路上，脸上血肉模糊，一只手不停地颤动，还略微向上扬起，似乎是在招呼我，把他拉起来，他要去看看女友伤得怎么样了。从他的角度，在泥头车灯光的照射下，我只是一个巨大的阴影，一如他游移不定的魂魄。而他女朋友，躺在另一边，身体蜷缩着，要不是嘴角有一抹血红，我还以为她是醉酒后睡着了呢。那条红底碎花的连衣裙，在空中如蝴蝶般迎风舞动，又在她跌落的瞬间，极有尊严地将她的身体包裹得严严实实。

“如果你要什么确凿的证据的话，教授，”我说，“第三天，我还寻到医院去看望他们了。那个男人的病历本上，写着的就是我的名字，而那个女孩，她病历本上，写着的也是我女朋友的名字。”

“真的吗？”教授说，“你这是第一份……”

见我意犹未尽，教授没把话说完，只是扭头意味深长地看着我。前面不远处，就是我的住处，教授还怕我没时间讲完呢。我继续告诉他，从医院出来后，我径直去了殡仪馆，女朋友死了，我得去送她最后一程，送我最后的亲人一程。他的父母和老家的一些亲戚来了，但我没有与他们相认。我不知道是不是她最后的遗愿，反正躺在棺木里的她，也是穿着那一条红底碎花的连衣裙，如进入睡眠的梦境里了一般。我围着棺木走了一圈，于众目睽睽下，在她的腰际处，放了一束百合。从殡仪馆出来后，我又径直去了城中村——他们的出租屋里，在那里住了一个晚上。房门钥匙就在门前的一个花盆底下，二十年前我也是这么藏的，而他们的房间里，布置得也跟我二十年前的一模一样。一旁盛开的红掌，移栽成四盆，全都成活。一周之后，又长出了新的嫩芽，绿里泛红，还有一层淡淡的油光。昨晚吃剩的半盘秋葵，放在冰箱里，冰镇得恰到好处。我把晾晒在户外的床单收回来，重新铺垫好后，又去到村口的小店，买了几瓶啤酒，一管芥末，就着半盘秋葵，解决了那一天的晚餐问题。

“教授，”我说，“我无法告诉你，我是否感到震惊、悲伤、惶恐或无助。我喝完啤酒就睡下了，有那么一瞬间，我还冲动地想到，去到医院，把正在重症监护室抢救的自己给杀了，早日结束这一切，不让他一个人再遭受，余生里，无法回避的种种难以言说的苦。但是，试问人世间，又有谁能做得到呢。”

教授的脚步停顿了，还意味深长地看着我。

“我不知道你的最新研究理论里面有没有写到这一点，”我说，“时间不仅仅是在空间里自由穿行，时间还能在时间里自由穿行，更重要的是，教授，我们谁也无法去改变。”

教授紧紧抓住我的手，表现得十分激动。

“教授，二十年前，我们所遭遇的也是摩托车，不是泥头车。可见，三个月前的这一场车祸，不管有多少个我同时出现，都无法阻拦的。”

“我的研究也正好到这个层次了，”教授说，“刚才你说的这些，还有一点，我没弄清楚，那就是，那一晚，你在太木餐馆吃饭，他们也在太木餐馆吃饭，你没有见到他们吗？如果你想过，要计划避免这一切发生的话，在餐馆里，你有想过要告诉他们你是谁，以及，即将发生的一切吗？”

眼见着就来到门前，我调整一下思绪，意欲抓紧时间，回答教授的问题，却看到路边的草丛里，走出两个人来，一前一后，把教授和我堵在路上。定睛一看，还都是警察，不容分说，把我给铐上了。教授吃惊不已，他们要把他和我隔离开，而他一边挣扎，一边大声说道：

“他是我朋友，你们要干什么？”

“先生，”一个警察对他说，“我们是在执行公务。”他还当着我们的面，给一个人打电话，说：

“先生，我们通过查监控，锁定并抓住了嫌疑人，你这两天赶快回国，到派出所配合处理下吧。”

我急了，但不管我说什么，另一个铐着我的警察都置之不理。他只是向我出示证件，并告诉我，我犯了入室盗窃罪，而他们已经在此，候我多日了。

对视

为组稿，文斌得出一趟远门，中途会经过同学许桂荣工作的小镇。编辑部决定让文斌出差的当天，他给许桂荣挂了电话，说办完事回来，会短暂停留一下。既是看望许桂荣，又为吃上一顿几年前他许给自己的炖全羊。许桂荣听了很兴奋，传过来的声音却有些迟疑和干瘪，似乎兴致不高。像一团火，刚点燃又被泼一盆冷水。

有问题吗？文斌追问一句。

许桂荣警觉地说，没有，没有，你能来我都不知道有多高兴。

许桂荣是睡在文斌上铺的兄弟。大学那阵子，他们宿舍住了六个人，且都是贪吃鬼。下学后，聊得最多的就是吃，这显然是不能解馋的。大家一致决定，利用假期的机会，分别到同学家里去吃当地的特色大餐。几年下来，他们相约去过内蒙古吃手抓羊肉，去过黑龙江吃炖活鱼，还去过河南吃黄河鲤。最后一个假期，本是安排去许桂荣家里吃炖全羊，却逢许桂荣母亲去世。未等放假他先回家了，其他人只好另做打算，到另一个家在广东的同学家里吃玉树鸡。从此，其他五人都只能从许桂荣口述里，感受炖全羊的美味了。大家的想象中，一头肥美的不大不小的山羊被利索宰杀后，用开水褪去长毛，大火烤焦，刮净，露出黄澄澄的色泽；再剔除羊膻，砍小，丢在一口大锅里用文火慢慢炖，将熟未熟时，放上一些佐料，如薄荷、麻叶、八角和野花椒等。熬制一个多小时，就可以享用了。当然，最好是就着当地人秘制的土豆酒一起吃，味道更加鲜美醇厚。许桂荣说到这里，文斌口水都流了出来。这样的叙说，不免让大家感到失落，也在心里烙下了深深的印迹。毕业时，不约而同给许桂荣写了一句临别赠言：欠我一顿炖全羊……

果真成行时，文斌犯了难。主编临时增加一项任务，要求他组稿完毕，立即赶到另外一个城市去，代表编辑部参加一个研讨会。若还按当初跟许桂荣商量的，办完事回来再去他家，显然是不可能的。南辕北辙，路途遥远，不知要费多少周折。先去许桂荣家，再去完成任务，也显得不切实际，时间紧凑经不得他去消磨。毕业这么多年，也不知道许桂荣生活得怎么样。想着这些，一路权衡，文斌心里老大不畅快。直到乘坐的大客车，驶向许桂荣工作的那个小镇，文斌才在一个偶然因素的驱使下下了车。他觉得，还是先看看许桂荣为好，这次不成，他们之间的聚会，又不知得拖到什么时候。

许桂荣生活的那个小镇，深藏在中国大西南的一片群山之中。他说过，那是一个岁月出现了断层的地方。是穿行其间的国道，用介于“文明”与“野蛮”之间的一根带子，勉强将它拽住，才不至于成为一个遭世人遗忘的角落。

文斌一下车，立刻感受到这个小镇的与众不同。它背靠一片青山，如背靠一面巨大的墨绿色屏风。小镇和屏风的倒影，又一起沉浸在西侧的天然湖泊里。湖泊很大，看不到边际，有灰蒙的雾气和潮湿的风，一起涌动过来。小镇由一些沿国道排列的带商住性质的平房组成，被一层土黄色的灰尘覆盖着。看着湖泊，再看看小镇，文斌觉得它是从延绵起伏的山头间，跌跌撞撞爬到这里来的。实在是累了，想找个地方洗把脸而已，但怎么搓揉，都洗不净一身的颓败之气。对文斌来说，这都无关紧要，他只是感慨，自己终于可以吃上传说中的炖全羊了。

正是赶集的日子，小镇人声鼎沸。酒肉的香气掺和着食物腐蚀的酸臭味，充盈在空气中。汽车被赶集的人群堵塞着，行驶缓慢，文斌借机观赏了一番小镇的景致并被深深吸引。目之所及，是一片种满烟草的开阔地。许桂荣没说过，文斌也没想到，在这种看起来非常荒寒的大山里，还有如此平坦宽阔的地方。那是两山之间的一块平地，种满一眼看不到边的烟草，青红中透着嫩绿，山风吹过，掀起一阵一阵的烟波。文斌去过北方，北方的麦浪预示着富足和安逸；去过南方，南方的海浪预示着广阔和美好；来到这西南大山中的一隅，这里的烟波也让文斌着迷，让他兴奋。这是一种野性和热辣的气势，让他感到不可思议。

一个双眼充血的醉鬼，步履踉跄地跟着客车行进。一边呕吐一边拍打着车身叫喊，说他要上车。司机怕出意外，赶忙将车刹住。文斌就是那时决定下车的。司机以为他是下去买东西，提醒他说，我们不等人的，你别走远了。我明天再走，不用等我。文斌下车没走几步，听见车上一片叫喊声和骂娘声。醉鬼挤上车去捣鬼了，车上乱作一团。他回头看一眼，信步走到一家米粉店前，给许桂荣打电话。许桂荣没有手机，每次找他都是打学校总务室的座机，经人转告，他才慌慌张张地跑来接。这次不一样，铃声一响，那边就接了，又正好是许桂荣。

许桂荣颇感意外，以为他把事情都办好了。

没有。文斌满不在乎地说，管他呢，先跟你坐坐再说。文斌说这话，是想告诉许桂荣，与跟你见面比起来，其他事情都是不重要的。

许桂荣感受到了，嘿嘿笑着说，你的事情你自己看着办。还说他有些事情处理一下，大概半个小时后过来。

收线后，文斌提着行李箱穿过人流，向刚才看见的那片烟草地走去。午后阳光下，烟草地蒸腾起一阵阵躁闷的热气，湿润而又炎涩，带有烟草特有的刺鼻味道，但又不如抽烟来得直接和辛辣。他拿出相机找准角度，拍了几张照片，在一片狗尾巴草上坐下来抽烟。远处有一个农民戴着斗笠在除草，只能看到他的半个身子，在烟叶间忽闪忽闪的，一会儿又长久地沉没下去，像个幽灵。许桂荣打回电话来，说他马上出校门，问文斌在什么地方。文斌告诉许桂荣后，又拉着行李箱，来到刚才那个米粉店前。他没见到许桂荣的身影，周围全是陌生人。

米粉店飘出来一股羊肉的腥香味，文斌感觉胃里咕咕翻腾着，发出对他极其不满的声响。早上吃一根油条，喝一碗豆浆以后，他再没吃过任何东西。本想先吃点什么，又觉得等许桂荣来后，一起去才为妥当。他站在米粉店门前，看一只倒挂着的刚剥去皮的山羊，花花白白的肉鲜艳夺目，地上是一片泥泞的血水。还斜瞟到窗户边立着一个灯箱招牌，上面工工整整地写着：羊肉粉、牛肉粉、砂锅粉、肉末粉；最后几个字写得特别大：炖全羊。文斌的胃又“咕咕”响起来。

正想抽身走开，文斌听到身后响起一声烦躁的斥骂。回头看，是一个五六十岁的老汉，在训斥自己的孩子。老汉说，你再哭，老子一巴掌拍死你。不卖哪有钱给你报名读书。

我不读书。孩子微弱又胆怯地说。他最多八九岁光景。

看着他，文斌咧嘴笑了起来。孩子长得像《黄土地》里那个花花的弟弟——憨憨。萝卜头，穿着破破烂烂的棉衣棉裤，打了很多的补丁，领子、袖管和裤脚上布满了让人厌恶的污垢。再看他爹，完全跟他是一个模子打出来的。看着他们，文斌产生了不由自主的追溯感。想着在遥远的过去，他爹的爹的爹就是这个样子的；遥远的将来，儿子的儿子的儿子也会是这个样子。唯一不同的是他们的眼神，老汉的散漫无神，和人说话时低眉顺眼的；憨憨的清澈得很，间或一轮，飘出一道锐利的光，还喜欢斜挑着嘴角看人，尽显挑衅和不屈。

文斌再也想不到，他的小镇之行会和这对父子，有着千丝万缕的关系。因不知道他们的姓名，又无从问起，为便于叙述，老汉我们还叫他老汉。至于孩子，如上所说，也称呼他为憨憨。只不过一个生长在祖国的西北，一个在西南。当然，此憨憨和彼憨憨生活的年代，又相差几十年。

他们从文斌身后走来。老汉牵着一只母羊，很瘦，二三十斤左右，腹部扁扁的，排骨一根根凸显出来。走起路来，人跟羊一样的疲惫。憨憨抱着一只羊羔，还没长出角来。花白色的羊羔，肥嘟嘟的，适合城里人当宠物养。羊羔的眼球黑里透红，不停地“咩咩”叫唤。老汉走两步，回头看一眼憨憨，憨憨梗着头，也不时瞟一眼老汉。走到文斌身边，憨憨见老汉不注意，一下跳到文斌身后藏起来。老汉回头看不到他，拉着母羊急跑两步回来找，憨憨又躲到文斌前面。老汉见不着，开始骂娘了，说你个狗日的，看我怎么收拾你，还不快出来。小羊叫起来，老汉寻着声音找来，在憨憨屁股上拍了一巴掌。憨憨原地一蹦老高，说我不卖，我就是不卖。老汉不理睬他，一手拉着憨憨，一手拉着母羊，径直走到米粉店门前。一个清瘦的留着寸头的男人叼着烟出来，像是老板。他跟老汉聊起来，谈两只羊一起买要多少钱。

听得老板说，太贵了，母羊太瘦，小羊又小，一百五十元太贵了。

老汉说两只羊加起来，抵得上一只肥胖的大公羊。

老板呵呵笑了，晃着脑袋说账不是这么算的，又肥又胖的大公羊膘肥肉多，哪个划算我还不知道?

老汉一直紧紧攥着憨憨的手，换个方式跟老板谈。你看这羊羔，肉多吧，最合适做烤羊羔了。我要的价格又不贵，这么着你还不赚?

憨憨搭话了，他的眼睛一直盯着老板嘴上叼着的烟。他说，我不卖，我的羊羔不卖。

老板伸手在他的萝卜头上摸一下，不跟他说话。还是刚才那样，也是呵呵地笑着对老汉说，我们这是什么地方，你也不想想，谁吃得起烤羊羔？老人家，我跟你说，连炖全羊都没人吃的，你说我做了卖给谁。

听了这话，文斌感到有些疑惑，心想怎么会没有人吃呢，许桂荣不是说炖全羊很好吃吗。又不好上前去问，只得装在心里，见到许桂荣了，再向他请教。又看老汉，很憨厚的一个人，砍价的花样还很多。他说这母羊和羊羔，你找个地方养一下。我这羊什么都吃，好养得很，不出十天半月就起膘了。你又不缺羊做生意，长胖了才宰有什么不可以的。

老板叹一口气，像是埋怨，又像是可怜他。说老人家，你的羊以前都是卖给我的，说实在话，要觉得价钱值，我也不会不要。你让我养，我哪有人去搞这个；再说了，我要养肥才宰，成本不就更大了？你不会做生意，说了你也不理解。

你不知道，大兄弟，我理解，我怎么不理解，我这不是没办法嘛。孩子要读书，要一百五十多块钱报名，要有办法，我还不肯卖呢。羊羔是孩子养的，天天带着睡觉，他比我还不愿意，一整天都在跟我闹。你就当帮帮我吧，下回我再来，包给你一只又大又肥的大公羊，价钱你看着办，我绝不回价，给你把这次的损失补回去。

老板听了老汉的话，怜悯地看着孩子，又想去摸他的头，被他躲闪开了。老板说我再添二十，一百二，就这样吧，你给我拴到那边去。老板指着沟渠边的一根木桩说。老汉点头算是答应了。老板转身往粉馆里走，去拿钱来给他们。老汉放开憨憨的手，拉着母羊向木桩走去，待他拴好羊回头看时，憨憨和羊羔都不见了。

老汉又急又恨，咬牙切齿地搓着手，抽出一根没有过滤嘴的烟来点火时，手还一个劲地抖。他向文斌走来，想问什么，眼睛从文斌身上瞟了一眼，又把微张的嘴闭上。他拔腿朝相反的方向追去，嘴里骂道，兔崽子。

憨憨抱着羊羔往学校的方向跑了，文斌看得清清楚楚。出于对孩子的关爱，文斌想，老汉问了，自己也不会说的。文斌还想等等看，看老汉会不会找到憨憨，回到这里来收钱。电话又响了，文斌接了电话，转着身子四下看。许桂荣在不远处的一家小卖部门前站着，茫然地张望着。

许桂荣的装扮跟大学时区别不大，还喜欢穿深灰色的夹克和藏青色的西裤，人胖了很多，气色也比以前好了，白白胖胖的，加上那副深度眼镜，一看就有老师的派头。文斌拉着行李箱走去，碰上面了，彼此在肩头捶一拳，这是他们见面的方式，在学校时就保留下来了。许桂荣想给文斌拉箱子，文斌不让，许桂荣也就不再坚持。只问他，提前下车会不会影响工作。

没事。文斌说，我心里有数。

你打算待多久?

最迟明天下午就走。

还不等许桂荣说话，文斌接着问他，一天多的时间够你做出一顿炖全羊了吧?

够了，够了。许桂荣说，真不知道你是想来看我，还是想来吃炖全羊。

鱼和熊掌都要，够贪心吧。

何止。许桂荣说，你简直是贪得无厌。

相互打趣间，文斌的肚子又“咕咕”叫起来。许桂荣说，你一定是饿了，很久没吃东西了？

早上吃早餐到现在，一口水都没喝。你赶快给我弄点吃的。

没想到你来这么早，家里一点准备都没有，先在镇上随便吃点怎么样？

这里有炖全羊。文斌指着那家米粉店说。

招牌这么写，根本没得卖，吸引眼球而已。不但这家，其他餐馆也这样，除非有人提前预订。

文斌想到刚才的疑惑，问许桂荣是怎么回事。许桂荣说，一般的米粉五块钱一碗，炖全羊至少是十五块钱一碗，来赶集的都是在地里刨食的农民，他们哪舍得花钱来吃。

可以卖给外地人吃嘛。

外地人，在哪里？你看看，整个镇上就你一个人是外地人。

文斌四下里一看，果真如许桂荣所说。他的穿着一眼就让人知道是一个陌生的闯入者。寸头，笔挺的西装和锃亮的皮鞋，走路时，不时用手在嘴边扇风，驱逐小镇污浊的空气。问许桂荣，像你这么说，想吃炖全羊还很难了？

可以这么说……

他们来到学校附近一家菜馆门前。许桂荣换了话题说，他们学校搞接待一般都安排在这里，味道不错，还干净。就这里了怎么样？

客随主便。

许桂荣笑起来，说，我可没当你是什么客人。

餐馆的名字叫“君悦”，是小镇上最为体面的一家也是唯一一家提供炒菜的。墙面刚刚粉刷过，弥漫着一股石灰水的味道，有些刺鼻。墙面上的摇头扇吹得人凉飕飕的，很惬意。两人要了三个菜，还要了一斤白酒，菜没上来，便对饮了几杯。餐馆客人不多，上菜快。开始时，他们边吃边聊上学时的美好时光，又彼此打听其他同学的去向和生活境况。时而摇头叹息，时而开怀大笑。还相互通报了一下各自的家庭情况。许桂荣是五年前结婚的，比文斌晚两年，妻子也是教师，在离小镇十多里远的一个乡村小学教书。最近身体不舒服，在家养病。结婚第二年生了一个女儿，快四岁了，很可爱，都完全掌握加减乘除的概念了。文斌关切地问许桂荣的妻子什么病。许桂荣说肠胃不好，她经常这样，没什么的。文斌说那我得给她买点什么补品当礼物。许桂荣笑着说，少给我来这套。

白酒 52 度，容易上头，两个人都有点晕，目光也有些涣散，看什么都是飘浮的，包括自己的身子，不过两人兴致很高，时不时还拍一下对方的肩膀，连着又碰了几杯酒。许桂荣问文斌刚才跑哪里去了。文斌如此这般地说着，似乎想起了什么，他停顿一下后，问许桂荣，听你的意思，想吃一顿炖全羊还不容易了。

是有些不容易。许桂荣明白过来，关于炖全羊的事情，自己还没跟文斌交代清楚。

文斌扭头看着许桂荣，等着他往下说。

炖全羊好吃，也不是随便能吃上的。当然，刻意去做，又是另外一回事。

平时怎么吃不上了？

又麻烦又讲究。我们这儿的人，一般是有红白喜事了才做炖全羊，人多嘴快，一只羊一下吃完了。大家都争着吃，味道特别美。要是一家人的话，一顿吃不完，两顿吃不完，里面放的佐料又比较讲究，回锅次数多了，羊肉全变味了。逢年过节，也是几家人合伙才做吃的。而且对羊的要求也很高，老羊的肉不够鲜嫩，小羊的又经不起熬制……

那要什么羊？

刚刚发育好的那种。

那我这次是白来了？

既然来了，不能让你带着遗憾离开的，不然我还要继续欠着，心里也不踏实。

听许桂荣这么说，文斌呵呵笑起来。他说，既然人少吃不完，我们买一只小羊吧。

等一下再看。

说到小羊，文斌又笑了。

许桂荣问，你笑什么，什么东西让你那么好笑？

文斌把刚才自己看到的那对卖羊父子的事情告诉许桂荣，他说，你不知道，那对父子长得一模一样。

是父子，长得一模一样有什么好奇怪的。

怎么跟你说呢，你看过《黄土地》没？

看过。

两个都长得跟里面那个憨憨一样，你说好笑不。

许桂荣略作沉思，随即也笑了。

文斌说，你们这里的羊真便宜。两只羊才卖一百二十块钱，在其他地方三百块也买不来。

那里跟这里，不可比的。

那也不至于这样。母羊是瘦了一点，可那只羊羔就很好，又胖又可爱。我要在家遇上这样一只羊羔，一定买给我儿子做宠物。

你儿子应该上小学了吧?

三年级了，调皮得很。

许桂荣没接着说这个话题。他说，要不你多玩两天，明天我带你去湖里钓鱼去，给你做个鱼宴吃。你不知道，我们这里的鱼最好吃了，比炖全羊还好吃。

有时间怎么都好说，就怕把正事耽误了。

在我这里多玩一下就不是正事了?

你还是这么喜欢咬文嚼字。都是正事，那也得分轻重缓急，要真耽误了，我可承担不起后果。

你自己安排好，我当好你的"三陪"好了——陪吃、陪喝、陪玩。不过说真的，我们这里就这个湖值得炫耀了，你得好好去看看。

酒很快喝完了，菜也差不多吃完了。许桂荣问文斌还要来一点不，没说是来酒还是来菜，文斌说不了。文斌有了醉意，许桂荣也是，感觉脖子很软，头前后左右乱飘。付钱时，文斌见许桂荣打开钱包，里面是一张一百的钞票，递给收费员。收费员好像说了什么，许桂荣把她拉到一边去，说了很多话，还时不时指指学校的方向，好像是向她说明自己老师的身份。

文斌起身，说，有什么问题吗？

没有。许桂荣说着过来帮文斌提着皮箱，一起走出餐馆。许桂荣在前，文斌在后。文斌说，我们先买一只羊吧。说这话时，他又想起了那对卖羊的父子和他们的羊，心想要是再遇上他们就好了。

许桂荣没回话，只顾往前走，文斌只好相跟着。

太阳绕到大山后面，小镇被一片浓荫覆盖着，失去原有的一切光华，让人产生了奇特的感觉。太阳在这里充当着魔法师的角色，艳阳高照时，凸显出了山的高大雄奇，水的秀媚浩渺。居于其间的小镇，汇聚了天地的精华山水的灵气，大气中透出了悲壮的野性之美。太阳一旦隐去身影，小镇立刻落寞了。文斌突然觉得，它是如此的灰暗不堪，低矮的房屋和路两旁种植的梧桐树上，积满了厚厚的灰尘。面铺的招牌和灯箱广告也不例外。人们的面孔上也是一脸的尘埃，头发锈迹斑斑的，没了生气。那片开阔的烟草地，陷在更为深沉的阴暗里，此时也隐晦朦胧了。文斌下意识摸一下自己的头发，感觉生涩又粗糙，这也是落满了灰尘的缘故，同时还觉得全身酥痒起来。

文斌对许桂荣说，差点忘记了。

什么事情？

文斌说要去给许桂荣的女儿和妻子买一点礼物，许桂荣不同意。正争执着，文斌突然瞥见了那对卖羊的父子，两人正迎着他们走了过来。还像刚才那样，老汉走在前面，拉着那只母羊，憨憨走在后面，抱着那只羊羔，始终保持着两三步的距离，脸上的神情也跟先前完全一样。文斌欢快叫着，对许桂荣说，你看，就是我给你说的那两个“憨憨”，对着我们走过来了。他说着紧走几步，在许桂荣之前来到那对父子跟前，夸张地挥了一下手说，你们的羊还没卖出去啊？

老汉显然被文斌的举动震住了，怔怔看着他木然地说，没，没呢。我找到孩子回去，老板娘就说不要了，嫌贵。

卖给我吧，一百五就一百五。

许桂荣赶上来了，说你这是干什么呢？人家一百二都不要，你还出一百五。

文斌说，你不知道那三十块的差价意味着什么。

一百五什么羊买不到？

这我知道，我就买这两只了。

许桂荣站到文斌与老汉中间，想阻止他们之间的交易。他说，我有一个朋友是养羊的，离这里不远，我带你过去挑一只。大的小的，只要你喜欢就拉走。

文斌生硬地把许桂荣推开，说，这只小羊正合适，不用熬那么长时间，还能一次吃完。

许桂荣急了，拉着老汉走到一边去，站在一家五金店门前理论起来。他对老汉说，你别理他，他喝多了。

老汉厌恶地看着许桂荣，咧开嘴朝地上狠狠地吐了一口痰。说，我没理他，是他理我的。

那你们走吧，我们不买羊。

不是你们不买，是你不买。唉，我觉得你这同志不像话，人家要买我的羊，你为什么不准？

刚才是不是有人给你出一百二了？一百二人家都不要，你卖给我朋友还要一百五？这像什么话？

刚才是刚才，现在是现在。又不是我要这么多，是他自己愿意给的。

我都说他喝多了，喝酒人的话怎么算数。

我看他没多，是你喝多了。

老汉生气了，拉着羊折回来。文斌以为他们谈好了，想付钱。许桂荣又赶忙过来，按住文斌的手，说要不我们先去我朋友那里看看。

不要，就买这两只。

我觉得还是贵了。

不贵，等一下我再给你解释。

许桂荣脸上有些不悦，又不好表现出来，沉重吹一口气。说，那我来付钱吧。

文斌知道许桂荣的包里没钱，一百块刚才都用完了。他抢着把钱付了。谁知憨憨声嘶力竭哭起来，近乎哀求地对老汉说，我不卖小羊，我不读书。说着抱着小羊又想跑。老汉一把抓住，使劲扯着他的耳朵说，这孩子，一点都不懂事。憨憨对老汉又抓又踢，嘴里不停用乡里土语咒骂文斌和许桂荣，不准他们买自己的小羊，他还要带着它睡觉的。许是憨憨的话太难听，许桂荣更生气了，斥责老汉说，赶快走，赶快走，骂得这么难听，人家还以为我们抢了你家的羊了。老汉再次瞟了他的羊一眼，拉着憨憨走了。憨憨一边跺脚，一边使劲摇晃着老汉的手臂，说我的羊，我的羊。场面很是感人，也让人觉得好笑。文斌心里想这孩子也真是的，像他父亲说的那样，一点都不懂事。

父子俩走了。

许桂荣心里还是有些不快。他说，我还是觉得买得亏了。

我就是想帮帮那个孩子。

这大街上上不起学的孩子多了，你帮得了几个。

我们不是要吃炖全羊嘛，两全其美了。

事已至此，说什么已经晚了。许桂荣一只手抱小羊，一只手拉母羊，说我们走吧，回家去了。

文斌说，等等，我的事情还没办呢。

许桂荣知道文斌的德性，以前就是这样，这么多年过去了还是一点没变。喝了点酒就成了化外之民，谁说什么都没有用。他将文斌的行李箱和两只羊寄放在边上的那家五金店里。许桂荣特别让老板找来一根细长的尼龙绳，将小羊和母羊一起拴在店外的一个不锈钢架子上，带着文斌走到小镇另一端的一家水果店里，买了一些梨子、苹果和菠萝，外加两瓶鹌鹑罐头提上，文斌这才觉得像礼品的样子。

两人说着话又来到五金店门前，往不锈钢架子上一瞧，立刻傻眼了。母羊还在，小羊羔不见了，连拴羊羔的绳子也不见了。被人从根割断，连羊带绳子一起偷走了。许桂荣急得去找五金店老板，老板出来一看，也傻眼了，说自己忙着做生意，把这事忘了。

随后扯开嗓门在街上骂，说哪个狗日的做的，不把羊送回来，查出来就要他的命。店铺前过路的人都停下来看着他。骂一阵，他对文斌和许桂荣说，一定是被人偷走了，镇子就这么小一个地方，我和你们找找看。

从那个孩子死也不肯卖羊的神情来看，文斌怀疑一定是那对父子把羊羔偷走了，这让他非常生气。按文斌个性，买的时候，一百五十元不包括那只小羊，他也是愿意的，但不能卖了又不声不响偷回去，那就是不厚道了。对，一定是他们偷去的，你没见那个孩子的表情，卖羊给我们时，多舍不得啊，还恶狠狠地看着我们。一定是他们偷去的，一点仁义道德都不讲。

许桂荣听文斌这么一说，觉得也大有可能。三人兵分三路去找。文斌本想叫住许桂荣问一下路况，但他一下跑没影了。

已近黄昏时刻，太阳从山后转了出来，被几块火烧云丝丝缕缕地扯着，一副急于逃脱的样子，红彤彤沉到另一座小得多的山头。文斌披着一身霞光，急匆匆往前跑，酒劲还未散去，脚步有些凌乱，还差点摔了一跤。

文斌找的这个方向是土路，坑坑洼洼的。还没到烟草地那儿，见到一个丁字路口。一头通往镇上，一头是湖边，还有一头文斌不知道。文斌想，坏了，应该让许桂荣来这个方向找的，自己一个外地人，人生地不熟，连问路都不知道怎么问。正着急，却看到卖羊的老汉奔他这边来了。老汉是从湖那个方向过来的，文斌堵住了他的去路，正想责备他，老汉却先发话了，比文斌还要着急。问他，你看到我的孩子没有？

没有。文斌说，你的孩子怎么了？

我们在湖边坐着等船过湖，他趁我打盹时偷偷跑了。

那就对了，一定是他干的。

他干什么了？

我们买的羊羔不见了，一定是他偷去的。

老汉说我跟你一起找找看，如果真是他，我一定饶不了他。

老汉自己先往东跑了，文斌本想跟着他跑，他有点不相信老汉，怕他找到后，连人带羊一起跑了。可又觉得不可能，要真这样，老汉就不会回来着急找儿子了。他大可回家去，坐在家里慢慢等着。这么一想，文斌释然了，抽身往西边快步跑了起来。

土路穿过一片开阔的菜地，但见一条两米多宽的人工河横在面前，左右又分出两条更小的道来，通往菜地深处。文斌放慢脚步，点上一支烟抽起来，他犹豫着要不要再往前走。他方向感不强，主要是怕走得远了，会迷路，那就闹笑话了。本来是找羊，最后连自己都丢了，传出去不被同学们笑话死。就在这时候，他看到了那只羊羔，正在一块油菜地边吃草，啃几口又往菜地里看看，像是寻找着什么。放眼过去，齐腰深的油菜花开得文斌满眼的金黄色，像一块宽大的绸缎，被人镶嵌在黑黑的土地上。

文斌大喜过望，几步奔过去，脚步声惊动了羊羔，“咩咩”叫着沿着菜地跑。它太小，快不过一个成年人的脚步，没一会儿工夫就被文斌撵上。文斌说，看你再跑，乖乖跟我回去吧。文斌没看到孩子，他弯腰抱羊羔时，孩子才从草丛中跑出来。文斌耳边一声炸响，是憨憨在发怒。他说，不准抓我的羊！

文斌惊住了，手下意识缩回来，抬眼看，憨憨恶狠狠地盯住他，一只手藏在身后，另一只手抓着一把青草，微微抖动着。他目光坚硬又锐利,但藏了一丝怯意,如同土路上的马屎,看着光滑、圆润、厚实，其实里面是一包糠，稍微用点力就散了。文斌不轻易动怒，但这回是真火了，也看着憨憨大喝了一声，说，什么你的羊，不是卖给我了吗?

一声喊,吓得憨憨后退一步,圆睁的小眼睛里含了泪意,想哭,却又要忍住。他说，不是我卖的，你找我爹去，让他还你的钱。

文斌看着憨憨，这是一个跟自己的儿子差不多大的孩子。他的世界里只有这只羊羔，为了这只羊，他可以不顾一切地跟一个成年男人对峙。这份勇气里单纯的悲壮，让文斌的心柔软下来。便和颜悦色对他说，有些事情你还小，是不会懂得的。我为什么偏要买你家的羊呢，还不是为了帮你读上书。

我不读书，我就要我的羊。憨憨终于没忍住，眼泪哗哗流出来。文斌觉得，他说的这些话，憨憨是不会理解的。跟他耗下去没有任何意义,时间也不早了,怕许桂荣担心,又弯下腰去抱羊羔。这回，他赫然发现眼前多了一把锈迹斑斑的镰刀，显然是憨憨在菜地里捡到的，他刚才一定是去割草喂羊了。镰刀一直藏在他的身后，万不得已才使出来，他的勇气也来于此。文斌倒吸一口冷气,抽身连退好几步,担心憨憨一下砍下来,力气再小,刀口再钝,把他的脑袋削下一块来，是没有任何问题的。

趁文斌抽身的当儿，憨憨立刻抱着羊羔跑了。文斌心里骂一声娘，也跟着追过去。憨憨见跑不过文斌，纵身跳进两米多宽的人工河中。他会游泳，不用担心河水的深浅，怕的是文斌也跟着跳进河里抓他。憨憨落水的瞬间，立刻转过身来，把镰刀又狠狠地对着文斌。他不知道文斌不会游泳，根本不可能跟着跳下去。文斌无可奈何，只能怒目而视，心里又暗暗骂着。看着憨憨游到对岸，抱着羊跑了。

气死我了。文斌咬牙切齿骂出声来。

文斌回到碰上老汉的那个丁字路口时，老汉也折了回来。文斌二话不说，先对他发一通火。说哪有你们这样卖羊的，钱收走了，羊也偷走了，不是很无耻吗。老汉从文斌的嘴里，听出了大概的眉目，知道羊羔果真被儿子偷走了，只得一迭声跟文斌说对不起，又委屈地问文斌，孩子是从哪个方向跑了，想一个人去追。文斌没好气地说，先回去吧，等会儿再说。其实他心里发虚，在这样一个完全陌生的环境里，跟着一个陌生的乡下人到处乱跑，他觉得自己缺乏应对一切的底气。

他们一起回到五金店门前，等了一会儿，许桂荣和五金店老板也回来了，都说没找到。见文斌跟老汉在一起，以为他找到了。看不到羊羔，问是怎么回事，文斌简单把事情经过说了。许桂荣更是生气，指头戳到老汉鼻子上，要他把钱全退回来，把母羊带走就算了。老汉不同意，说既然知道羊羔被孩子偷走了，回家的路就两条，一条是水路，一条是山路，水路这么晚了，是没船可渡的，只要顺着山路追，一会儿就能赶上。

老汉带路，大家一起往山路上追。一路上老汉都认识很多熟人，人家问他跑什么，他说儿子不见了，还反问人家看到没有。

其中一个说，他是不是还抱着一只羊羔，大家都说就是了。追到一条小溪前，大概是离镇子五六里路的地方，果然见到了憨憨，拿着一把青草，正在慢条斯理地喂羊羔。羊吃饱了，他又从小溪里捧水来跪着喂它。羊依偎在他怀里，不停昂起头去蹭他的脸。

憨憨听到急促的脚步声，抬头见四个大人朝他跑来，急忙抱着羊羔朝附近的山岗跑去。来不及了，他已被团团围住。大家肚里都窝着火，嘴里骂骂咧咧的。许桂荣说你真的不像话。五金店老板说，你这不是害老子吗，东西卖给人家了又来偷，谁教你的。文斌没骂，有许桂荣在，他就完全放心了，他知道许桂荣会处理好一切的。只见老汉径直走过去，啪啪甩了憨憨两个耳光，憨憨脸上红红的手印清晰可见。他不哭出声来，豆大的眼泪却不停地渗出眼角，长长的两串一直挂到腮边，再滴落到羊羔身上。老汉说，把羊给我。憨憨不给。老汉伸手去抢，憨憨还不给，把羊抱得更紧了，勒得羊羔直叫唤。

别勒死了啊，死了要赔的。许桂荣说。

老汉不再去抢羊，转而掰憨憨的手，憨憨痛得龇牙咧嘴的，就是不松开。老汉急得没办法，又给了他两个耳光，憨憨的嘴角慢慢渗出血来。文斌有些不忍，甚至觉得有些残忍了。他自己的孩子都这么大了，他是一根指头都没碰过一下。他说算了，他不给就算了。许桂荣跳起来，说怎么能算了，要不给回来就退五十块钱，全部退也行，母羊等会儿去牵回来。

老汉听了，悄无声息蹲下来，蹲在憨憨脚边，把憨憨连同羊一起抱起来。不知道对着憨憨的耳朵说了些什么，憨憨就是不听他的，还大声地喊叫着说，我都说了不卖，你为什么不听。许桂荣和五金店老板见这样拖下去不是办法，二人上去，一人掰一只手，生硬地把羊从孩子手里夺下来。这一回，孩子却出奇地平静了，又不哭，又不闹，只是泪水始终流个不停。

许桂荣抱着羊，他们三人往回走，文斌听到孩子说，爹，那是我的羊，他们抱走了我的羊。自追上孩子，他们始终没听到老汉大声说过一句话。他抱着儿子，久久没放下，也不走。他们已经走出很远了，还看到那对父子僵硬地立在那里，看着他们离去的方向。夜幕已经降临，两人的身影像两块坚硬的石头，紧紧贴在一起。

文斌莫名地紧张，说，没事吧？

没事，能有什么事？许桂荣说。

那孩子太固执了，我有些怕他，怕他又做出什么事情来。

这有什么好怕的，何况他又还能做出什么事情来？

许桂荣的老婆孩子已经睡下，大门紧闭着。许桂荣先敲一下门，里面一点动静都没，又敲一下，才听到一个人穿着拖鞋“哒哒”地走过来开门。是许桂荣的女儿，她扎着两个小辫子，身穿白底碎花的裙子，像是刚洗过，身上散发着漂白水的味道。笑起来，脸上还能看到两个小酒窝，可爱得很。女儿一见爸爸回来了，高兴地说，妈妈，是爸爸回来了。待看到爸爸后面还跟着一个人，她一下紧张起来，朝左边的一间房里跑去。嘴里说，妈妈，爸爸带了一个叔叔来。

回来，回来。许桂荣说，见到叔叔都不叫一声，跑什么呢。

文斌说，孩子怕生人。

许桂荣打开了室外的电灯，说今晚是吃不成羊肉了，我还得找个地方拴住它们。一边说，一边在门前到处看。许桂荣家门前有几棵苹果树。文斌说会不会有人来偷？许桂荣说，不会，我们这地方虽然穷，民风却很好，一般不会发生这样的事情。文斌说那就拴在树上好了。许桂荣想想也没其他地方可拴，按文斌的意思把母羊拴到树上。小羊怎么办呢？许桂荣说放家里好了。拴好羊后，许桂荣的女儿已经拉着一个脸色苍白的女人来到了门边，是许桂荣的老婆。她走路时，得扶住一个什么地方寻找平衡，站稳了再向前走一步。人瘦得风都能吹倒，眼窝又黑又深，一看就知道是久病缠身之人。她也不问丈夫来的是谁，先向文斌挤出一个惨淡的笑容。说来了啊，快家里坐。许桂荣赶忙过去扶住她，说你又出来干什么。他是我同学，去县里办事，正好经过这里来看看我们。然后又对女儿说，快叫叔叔。小孩子咬着嘴唇，胆怯地说，叔叔。文斌答应着，过去把她抱起来，说，你看叔叔给你和妈妈买了什么，有水果，还有罐头，喜欢不？

孩子说，喜欢。

那还不谢谢叔叔。妈妈说。

谢谢叔叔。

许桂荣把文斌的皮箱和羊羔都放到了客厅里。见不到母羊，羊羔在客厅四处乱蹿，叫得一声紧似一声，让人心里发毛。许桂荣说难听死了。又去找一根绳子，把它和母羊拴在一起，它就安分了。文斌一边往里走，一边对许桂荣的老婆说，你不用招呼我，回屋里休息吧，外面风大，别凉着。

许桂荣说，是啊，快回去休息，我们还没吃饭呢，我得做饭去了。许桂荣提着一个水桶出了门，大概是去打水。他老婆让文斌坐到椅子上去休息。文斌说不累。还问她，听他说你这是胃病，应该很长时间了吧。

她说，孩子一生下来就落下了，前些日子刚做了一次手术，把半个胃切除了，比以前好了很多。没做手术前，连床都下不了。

做了手术就会慢慢好的，你要注意保养身体。

我想也是，不然这个家就全靠他一人担着了。

文斌把买来的礼物放在紧挨着墙边的一张条桌上。孩子走过去，说，妈妈我要吃。文斌拿出一个苹果来，递到孩子手里。又拿了一个，递给许桂荣老婆。她说不要，刚吃药，胃里不舒服。

许桂荣提着大半桶水回来，开始洗菜做饭，放在锅里炒得“吱吱”响。他老婆带着女儿到客房去给文斌收拾床铺去了。许桂荣说水壶里有开水，你自己泡杯茶喝，要不就等一下喝酒。文斌说，好的。房间到处弥漫着油烟味，有些刺鼻，文斌去到外面站了一会儿。在门边的时候，文斌听到许桂荣老婆数落他，你还真舍得，要用钱的地方多呢，你买羊干什么？许桂荣解释说是文斌买的，一百五十块两只。他老婆不再说话了。

夜色空旷安谧。站在许桂荣家门前回望小镇，远远地亮着几盏昏黄的孤灯，显得有些死寂和恐怖。两只羊看着文斌“咩咩”地又叫上了，文斌走过去，摸着小羊羔，又想起了憨憨那个孩子，心里默默叹一口气。一会儿，许桂荣出来说，吃饭了。文斌走回去，许桂荣的老婆收拾好房间，又回到卧室休息去了。

文斌说，嫂子呢，她不吃饭吗？

许桂荣说她们吃过了，我们自己吃。

我刚才只吃了一点点。孩子大声地对父亲说。

文斌笑了起来，拍了一下自己身边的一个凳子说，来，坐到叔叔身边来，我们一起吃。孩子听话地过来了。

他们又边吃边喝，酒是玉米酒，镇上的农家自己酿的，味道醇厚，但劲大，没喝几杯两人的脸上又都通红一片。文斌说，听你老婆说，她刚做了胃切除手术，得花不少钱吧？

五六万，东拉西扯借的。我现在啊，欠了一屁股的债。不过没事，只要能把病治好，就什么都好了。

我真没想到，你过得这么艰难。话说出来，文斌就后悔。这是一个明摆着的事情，装在心里就得了，说出来反倒让人更难受。

许桂荣听了文斌的话，白着眼睛看他一眼，略有沉思，神色凝重。接着叹了一口气，说没办法，遇上了，还躲不过，只得这么扛着。文斌心里一阵酸楚。他岔开话题，说起了同窗时的美好时光，但许桂荣好像不感兴趣，一个劲地让他多喝酒。文斌自己也不停地往嘴里倒，菜没吃多少，等酒喝完了，两人也差不多醉了。

许桂荣给文斌泡一杯茶，让他慢慢喝，说自己还得先把灶挖好，明天好杀羊。文斌说我帮你一起挖，两个人快一点。许桂荣自己拿锄头，又找一把铁锹给文斌，一起来到苹果树下面的缓坡上。不一会儿他们挖出一个蝌蚪形的土灶来。许桂荣又对文斌说，你先回去睡，不用等我了，我到边上的村子里，请个人明天一早来帮忙杀羊。

文斌让他带着手电筒去。许桂荣说不用，这条路我天天走，闭着眼睛都能走几个来回。

那小心点。文斌担心许桂荣酒后走不稳。

许桂荣说，没事。

许桂荣的老婆让女儿出来，问许桂荣哪里去了。文斌说他请人杀羊去了。女儿进到屋里，再没出来，大概是跟妈妈一起睡下了。文斌喝完茶，又抽一支烟，不见许桂荣回来，自己去到许桂荣老婆收拾好的客房里躺下。一弯残月，镶嵌在许桂荣家的玻璃窗上，边上还泛着浅浅的黄晕，文斌还来不及欣赏就睡着了。梦里依稀听到了羊羔叫唤的声音，还梦到了老汉抽憨憨耳光时的情景，文斌莫名地流下泪来。一只柔软的手从一片阴影里伸过来，轻轻给文斌揩拭着。文斌伸手去抓那只手，却听得咚的一声，手有些痛，是碰到床的栏杆上了。文斌睁开眼睛看，原来天已大亮。许桂荣的女儿站在床边，说叔叔，你怎么哭了？

没哭，文斌说，叔叔做梦了。

你爸爸起来了没？

他早起来了，在外面找羊呢。你们带回来的那只小羊，不见了。

文斌一骨碌翻起来，拉着许桂荣的女儿来到门外。许桂荣一脸的愤怒，正在苹果树下骂人。看到文斌，就对他说，一定又是那个孩子，他又把羊偷走了。

偷走算了。文斌想，再折腾下去什么都吃不到了。还对许桂荣说，母羊不也能下锅。

许桂荣的老婆在家里喊孩子的名字，问她发生什么事情了。孩子一跳一跳跑回去，不一会儿把妈妈扶出来。许桂荣老婆说，怎么能不要呢，那是真金白银买来的，是自己的东西，怎么也得去找回来。

许桂荣看了老婆一眼，也说，不行，这是一个严重的原则性问题。我现在怀疑不是那个孩子偷的，是他爹来偷去的。一个小孩子，哪有这么大的胆子，半夜三更来这里偷羊，说不定他连路都找不到。

文斌说，对了，小孩子哪里找得到你家，也不一定是孩子或他爹来偷的，说不定是别人偷去的……

不可能，许桂荣朝文斌摆着手说，别人要偷也偷大的，或两只都偷，哪里只会偷小的。我看一定是他们父子中的一个，或者就是一起来的——你一开始看到他们就是在涵洞边那个米粉店门前卖羊吗？

就是那里。

老板一定认识他们，许桂荣说，今天我非把羊找回来不可。

许桂荣跟老婆交代几句，快步跑下门前的土坡，文斌跟在他的后面。到了坡底，迎面走来一个穿黑皮衣的中年男人，脸色蜡黄，一边走一边咳嗽，不停往地上吐痰。男子手里提着一个篮子，篮子里是两把扁长的发着寒光的刀子。他是来杀羊的。许桂荣交代他说，你先把母羊宰了，中午我家里要来几个客人。我们要赶回来，就连小羊一起杀了，赶不回来，你们先吃着。男子乐呵呵地笑着说，好的。

他们径直来到米粉店门前，看到涵洞边上围了一群人。老板带着一个青年助手在宰牛。二人用一条大麻绳，把牛的四只脚分别打上死结，前后串拉在一起，用力一扯，牛的身子轰然倒地。再用一根钢管使劲翘着牛头，使它翻转过来，牛嘴直直地朝着天。老板伸手摸一下牛的喉管，说可以了。青年走出了人群，到店子里提出一把寒光闪闪的弯刀，对着刀口喷了一口酒，另一只手还提着一块木板。青年把弯刀递给老板，老板弯下身去，把刀横在了牛的喉管处，示意青年把木板放在刀背上，并让青年用脚使劲踩着木板。一切就绪，老板摆好架势，双手抓紧刀柄，使劲往后一拉。牛的整个头差不多都被割下来，鲜血喷洒出一丈多远，全流到涵洞下的沟渠里。牛连哼都没哼一声就过气了。

文斌看得毛骨悚然，紧张得捂住了嘴，心扑扑跳着。许桂荣拉了他一把，一起走出了人群。文斌看到老板宰完牛后，提着弯刀回到粉馆里面，留下那个青年在剥牛皮。许桂荣跟了进去，向他打听那对卖羊父子的家庭住址。

湖里的风光，给人一种如烟如缕的漂浮感。放眼望去，一条通往菜地的漂满浮萍的人工河弯弯曲曲从湖中延伸出来。此时的太阳，滑过一块厚重的乌云，作一个俯瞰的姿势，站在另一块云端。清风拂过，几经风霜的没膝的杂草，滚着暗红色的火焰般的波浪，一直涌向远处。一位老人把木船向他们撑过来。许桂荣迎了过去，好说歹说磨蹭好一阵子，老人才同意把船借给他。

许桂荣书教得好，船也撑得好。他用力握住竹竿，在水中又点又拨的，船飘然前行着，往湖的对岸滑去。许桂荣的心里只有那只羊羔，他被这事弄烦躁了，怎么也沉静不下来，说话都带有火药味。他说找到他，我非得给他几下。文斌没说话，他跟着许桂荣，既为了找羊，也是想到处走走，看看小镇四周的风景。他坐在船头，看到几只水鸟扑棱棱地掠过水面，越飞越高越飞越远，最后变成几个黑点消失在广袤的湖水深处。

到了中午，他们这才上了岸。岸边四周的山上，开放着大面积的千姿百态、绚丽动人的杜鹃花。许桂荣不容文斌细细品味，指着前面土坡头上的一座土墙茅草房说，一定就是那家了，那个老板说的就是这个地方。他们来到房屋前，敲着门问有人没有。没人答应，文斌往里面看了一眼，见一个人身子侧着斜躺在床上。这个家里，除了几个箩筐、两张床和一张吃饭的桌子，其他什么都没有。文斌对许桂荣说，里面有人，在睡觉。

许桂荣提高声音又叫了一声，那人睡得太死，听不到。许桂荣伸着脑袋往里面看了看。发现除了床上睡觉的人再没其他人了，于是又叫了一声，见还是没动静，他忍不住了，抬腿走了进去，用指头戳了那人的肩膀一下。那人立刻醒了，见屋里突然多了一个男人，黑着脸站在她的床前，吓得哇哇乱叫，跳着冲到屋外。这人最多不过一米高，从背影看，像一个胖胖的小姑娘。文斌说别跑，我们不是坏人，是找你问点事情。那人跑出屋外，在离他们几米远处站住，回过身来看着他俩，指指点点咿咿呀呀地说着什么。他们一句都听不懂。

不会是哑巴吧，许桂荣说。

文斌说，好像是，简直没法沟通。

他们试着朝她走近一点，他们走一步，那人后退几步，从地上捡起一块石头来，示意他们不得走近，不然她就要打人了。文斌又重复着说，我们不是坏人，是找你问点事情。那人根本不管，举着石头，恶狠狠对着他们。文斌仔细观察一下，对许桂荣说，是个女的，又聋又哑，还是个侏儒，我看她至少有四十岁了。许桂荣说我也看出来了，问题是要怎么才能向她说清楚我们的来意呢。

文斌也不知道。许桂荣用手把此行的意思比画几下，可那女人根本不能领会。她攥紧石头，使劲朝许桂荣扔来。文斌眼快，把许桂荣往自己身边拉了一下，才躲开石头。

文斌说，还是不要问了，我们说的她不懂。

他们几乎是后退着离开那个茅草屋的，想到处看看还有其他人没有。下到半坡时，看到一个人从坡下走来，就是那个卖羊的老汉。双方一碰头，意思就明了了。原来老汉半夜起来不见了儿子，怕他又去偷羊羔，就找到了许桂荣家里去，听了许桂荣老婆的话，又急急地赶回家里来。

文斌说，刚才差点被你家里那个女人打了。

老汉说，是孩子他妈，又聋又哑，以为你们是坏人。没事的，既然来了就上去坐坐，喝杯水再说。

还是先找人，再坐就晚了。

老汉让他们先等着，自己回家去问问，说不定孩子妈妈知道他在哪里。老汉进去没多久，带着老婆一起出来了。她只有丈夫的腰那么高，穿着一件蓝色的前襟处补了一个大补丁的对襟上衣，裤子也是蓝色的，屁股上的补丁更大，是用一块大红布缝上去的。从后面看着，任谁都会很不礼貌地想到，“猴子屁股”这几个字。她把头低低埋着，走得极快，一下就转到房屋后面去了。老汉叫他们跟上，说孩子回来了，还带着那只羊羔，她知道他在什么地方，这就带你们去找。

房屋后面，还有另外一条路，可以下到湖里。只是路很崎岖，又陡峭，稍有不慎会滚到坡下去，甚至一直滚到湖里去。快到湖边的地方，有一块宽阔的草地，像是一块荒废的庄稼地，长满了丰茂的野草。他们站在高处，看到憨憨正跟羊羔一起，在草地上打滚。如果不是文斌亲眼看到，他怎么也不会相信，那羊羔，被憨憨训练得跟听话的家犬一样，会用嘴叼东西，会跟着憨憨一起蹦跳，还会翻跟斗逗憨憨开心。憨憨把一个沙袋使劲扔远了，命令它去捡回来。羊羔领命后，欢快地跑到沙袋边，把沙袋叼起来，放回憨憨的手里。憨憨高兴得哈哈大笑，抱着羊羔又在草地上打了几个滚。

许桂荣指着孩子和羊说，在那里，快去抓住！

文斌说，我们就在这里等着，他会把羊带上来交给我们的。

老汉明白文斌的意思，他跟老婆一前一后下去了。这回也不知道他用的是什么办法，或许就是哄骗孩子。憨憨不哭不闹，乖乖把羊给了老汉。老汉抱着羊上来，放在许桂荣的手里，说，你们快走，不然他会发现的。然后带着他们抄近路来到湖边，看着他们上船后，老汉沉默了，转身走了两步，又回过头来，说，对不起你们，让你们费心了，我那孩子，他不听话……说到这里，老汉流出泪来。文斌和许桂荣大为意外，不知道说什么才好。老汉一摆手又说，就这样吧，我回去了。

老汉背着手撅着屁股走了。文斌和许桂荣心里都很沉重，一个默默地抽烟，一个默默地撑船。他们得在天黑之前上岸。到了晚上，湖里风大，随时都有翻船的可能。最后还是文斌首先打破沉默。文斌说，你认为那个孩子知道羊羔被我们带走了之后会怎么样？

许桂荣说，不知道。

他妈妈又聋又哑，他连个玩伴都没有，难怪他宁愿不读书，说什么也不卖这只羊。

我知道，我看出来了。

来一支烟不？

许桂荣说，可以。

文斌和许桂荣走到昨晚挖好的土灶边，天早彻底黑了。许桂荣说了声奇怪，难道他们没杀羊，怎么一点膻味都闻不到。文斌说，不会吧，回去看就知道了。许桂荣用手在灶里摸一下，里面全是温润的黄土，一点炭灰都没有，脸一下沉了下来。文斌看不到，但他感觉到许桂荣鼻孔里，出来的气息一下就变粗了。

许桂荣老婆的气色比昨天更差，没等他们回来就睡下了。留女儿一人在门前的苹果树下跟母羊一起玩。门前亮着灯，她拿一根竹条，不停打母羊的屁股，母羊围着苹果树左一圈右一圈地转，她也跟着转。他们还没到门前就听到孩子的笑声了。两人看到母羊的同时，又飞快对视了一眼，文斌赶忙对许桂荣挤出一丝微笑。

许桂荣回应他的，却是满脸的歉意。见他们回来了，女儿丢了竹条走过来，抱着许桂荣的腿，一边昂着头对文斌说，叔叔好。许桂荣把羊羔放在地上，羊羔欢叫着奔跑到母羊跟前，含着奶头吸得吱吱响。

许桂荣推开女儿，一声不吭地进屋。不一会儿，文斌就听到他老婆嘤嘤地哭起来。觉得事情不妙，他赶忙拉着许桂荣的女儿跟了进去。许桂荣正好从卧室里出来，他老婆哭得更厉害了。许桂荣不理她，把卧室的门砰地一下带上。他老婆的哭声被门夹成两段，一段继续在卧室里盘旋，一段跌落到每一个人心里。

许桂荣说，窝心得很，交代这么清楚都不会做。

文斌明白是什么意思。说，没事的，吃什么不是吃。

说要等我们回来两只羊一起杀，免得麻烦。也怪我，没告诉他们你明天一早就要走了。要不，你明天再留一天，我请假陪你。

你不要放在心上，没事的。你真以为我来看你，就是为了吃炖全羊吗？那你把我们的兄弟情谊看得太简单了。不是还有酒吗，有酒喝就比什么都强了。

这我知道，我是气他们不理解我……不理解我们……

我们自己理解了，感受到了也就够了……

文斌还想说下去，却看到许桂荣的眼圈红了，泪水开始打转。他把话收了回去。许桂荣迅疾地抹了一下眼睛，又说，真的，你明天再留一天怎么样？

那真会误大事了。文斌还打趣地说，你着急干什么呢，没杀也好，等到明年母羊长肥了，小羊长大了，我叫上其他几个同学一起来吃不是更好。这顿羊肉你都欠了这么多年了，多欠一年又何妨。

听文斌这么一说，许桂荣的眼圈又红了。

文斌赶快催许桂荣，你快做饭去吧，我真的饿了，我们多喝几杯酒就什么都有了。

许桂荣叹一口气，对女儿说，你跟叔叔去玩，爸爸做饭去了。女儿本是抱着爸爸腿的，听许桂荣这么一说，看了他们一眼，没跟文斌玩。她又出门捡起竹条，追打母羊去了。他们吃的还是昨晚那几样菜，喝的也还是玉米酒，几乎是喝完又晕，晕了就睡。文斌感觉时间流逝得特别匆忙，连个过程都没有就过去了。

许桂荣跟文斌碰杯的时候，说，都是那个孩子闹的，不然今晚就可给你做炖全羊吃了，你还是留下来吧。下午的课我找人代一下，我回来给你做炖全羊吃，免得那孩子又来偷。

文斌把酒杯端起来，说，喝酒吧。

后来他们又说了很多话，文斌记不得了，觉得头晕。睡到后半夜时，感觉口干舌燥。起来喝水时，文斌听到许桂荣跟他老婆在吵架。看着病恹恹的一个人，吵起架来，反倒有劲得很。她声音尖尖的，很有穿透力。

许桂荣说，你小声一点，让他听到了不好。

她说，这怕什么。

他都说了，明天就得走了，不吃炖全羊了。

就是明天不走，这炖全羊也不能吃。一只小得可怜，一只又瘦巴巴的，连点肉都没有，怎么吃。还怪我不让杀羊，我是怕杀了吃死你。

你们家亲戚不是要来吗,杀了连他们一起招待有什么不好的?

我们家亲戚是来看望我的,不是来吃你家羊肉的。吃,吃,吃,你就知道吃,我妈给我买药的一百块钱,都被你一顿饭就吃没了,还欠着餐馆十几块,这你也好意思。

我们都好多年没见了,吃顿饭有什么?

没什么,是没什么,你打肿脸来充胖子,请吃请喝的,还说没什么。

这你不懂。

我懂那么多干什么?你明知道我离不开药,现在好了,就那一百块钱都被你吃完了,我拿什么去买药。从明天起,你下课后什么也别做了,好好地去喂养那只老羊,喂胖一点拉去卖了,没钱怎么过日子。

吵到这个地步,好像两人的气都消了下去,尤其是许桂荣,他嗫嚅着说,我也是这么想的,你就别生气了,生气对你的身体不好。

许桂荣的老婆这时也换一种语气,柔和地说,唉,那只小羊也要好好地喂养好,看护好,别再让人又偷走了,等过年时我们自己宰了吃吧。我们家都几年没宰羊过年了,我也几年没吃过羊血豆腐了。

穷也好,富也好,不宰羊过年确实感觉到什么都不踏实。

你能这么想就对了,所以我这才一再叮嘱你,一定要找到羊羔带回来。你要带不回来,看我怎么收拾你。

文斌再没听下去，回到床上，怎么也睡不着。好不容易眯了一会儿，又开始做梦了。看到一张哭泣的脸，在他的眼前晃，像是自己儿子的脸，又像是憨憨的脸。那脸上的泪水始终不断，无声地流着。文斌想去帮他擦，怎么也够不着，那脸忽远忽近，跟他捉迷藏似的。文斌追着那张脸，不停在一片草地上奔跑。好不容易追上了，那张脸突然回头奔他而来，跌落到文斌的怀里，大声地喊着叫着，说爸爸，我的狗狗死了。梦里的文斌开始追忆往事，在儿子刚上小学那年，他们家的哈巴狗死了，是带着上街的时候汽车辗死的。孩子为此哭了一个多星期，还亲自带着狗的尸体到公园去，找一个安静的角落埋了。自跟父母分开睡以来，孩子如憨憨带着羊羔睡觉一样，天天带着狗睡觉。狗没有了，他怎么也适应不过来，一人睡不着，跟文斌和妻子一起睡也睡不着，直到放假带到外婆家玩了一个假期，才把这事淡忘了。想到这里，文斌突然明白憨憨的父亲为什么送他们上船时要流泪了，那是一个父亲对儿子的愧疚之泪。文斌恍恍惚惚地抱着那颗头说，儿子别哭，儿子别哭。那颗头却又挣扎起来，逃出文斌的怀抱，瞪着一双愤怒的眼睛对文斌说，我恨你，是你买走了我的羊。文斌本想解释什么，却一句话都说不出来，急得一下醒了过来。

文斌的眼眶湿润了，抱着头，不知该怎么办。他想把羊给憨憨送回去，但听了许桂荣昨晚和他老婆的谈话后，也知道那只羊羔对许桂荣这个家庭的重要性。心想，当初别买这两只羊就好了。正苦恼着，文斌收到了一条陌生的信息，查看后，才知道是许桂荣借别人的手机发来的，许桂荣说，那个孩子真可恶，他昨晚又把羊羔偷走了。那就好了，文斌竟然开心地说了出来。可从窗里往外一看，母羊，羊羔，都还拴在苹果树下。这是怎么回事？文斌冥思苦想，终于知道了许桂荣的意思，心里豁然开朗起来。

也许是昨晚睡得太晚，许桂荣的老婆和女儿还在睡觉。文斌在房间里留了一点钱，提着行李箱轻轻地拉开门走了出来。然后在苹果树下解开绳子，抱起羊羔朝湖那边走去。文斌走得很急，他必须在下午四点之前赶上去县里的最后一班车。文斌想今天再耽误，那就要坏大事了。屋外艳阳当空，瓦蓝瓦蓝的天空显得深远而又寥廓。

告密者

狗叫声此起彼伏，山村的暗夜更加沉寂，冷僻，又充满骚动和不安。孩子惊醒开门出去。矮小、精瘦的爷（父亲的别称，贵州西南一带农村较为常用），木呆呆地站在院坝里。爷只穿条黑色的大裤衩，似剪一块夜色裹在腰上。夜幕衬托下，裸露的小腿和光溜溜的上身，虚幻而单薄。是那些凸起的青筋和排列整齐清晰可见的肋骨，说明那是一个人躯干的一部分。听见门响，爷回头看他一眼，又把头勾下去，继续侧身聆听。似乎那掺杂在狗叫声里的别的声响，更能让爷明白，村子里正在发生的事情。

五月雨后的天空，云层厚重而低沉。四周山峰的暗影，加重了夜气的清凉。猫头鹰婴儿哭泣般的叫唤，也加重了孩子心里的恐惧。孩子向爷走过去，又在离爷两步远的地方站住。爷有一股子不知从哪里来的古怪的脾气，似乎是多少代人的渴望、抗争、流血和苦熬，才郁积起那么多的阴沉、恶毒，甚至是罪恶的暴戾之气；打人时，下手特别狠。看着爷硬邦邦的背影，孩子感到害怕。爷近来异常烦躁，易怒，莫名其妙就会揍人一顿。孩子想，这个坏蛋，他怎么不提着砍刀冲出去。他应该早提着砍刀跑出去的，这个坏蛋。孩子手里紧紧抓着一根从门后找来的棍子，感觉它在手心里逐渐变细，要折断一般。冷冷的夜风吹过，扫荡尘土一样，把瞌睡和紧张感，从孩子的身上扫走，他全身的肌肉逐渐放松下来。

“你提着竹竿干什么？”爷说。声音也像爷板着的面孔那样木僵僵的。

“有小偷……”孩子怯怯地说。

孩子这才发现，自己提着的是一根发黑朽烂的竹竿，不是木棍。爷白他一眼，起身抬头看着前方。厚重的云朵蠕动着，压在村子上面。时而排成一排，时而又前后错开，不声不响往一个目标明确的方向游走，一点也不受狗叫声干扰。村子和夜色深处，几道亮光沉浮着。恍然间，孩子感觉那些光束，离他们家越来越近，其中一道扫射到院门上来。更多的光束，浮游在村子中那条他白天刚走过的岔道上。一会儿，又拐向左边，遮掩在一片浓密的攀枝林里。

孩子发现自己错了，小偷是不敢这么明目张胆进村子的，不然整个村子，早变得灯火通明、群情激奋、喊杀声响成一片了。村里人用他们一贯的沉默和隐忍，面对这一切。爷还没跑出去，手里也没有刀，生冷的面孔和镇定的神情，也说明这一点。仿佛凌晨时分的村子里，根本没那几道亮光，到处游动。那些狗想叫就让它们叫去吧，等它们叫累了，自己会停息下来的。事情似乎也是这个样子，那几道亮光掩映在攀枝林里，村里的狗叫声，就变得稀疏而又微弱，直到那些断断续续的亮光，重新组成几道长条，出现在村后的缓坡，有几条狗才短促地吠叫几声，却也是来自远方的另一只狗引起的。

爷突然紧张起来，打了个激灵。他快步走到院门边，拧紧眉毛，严肃地看着远方。孩子不看远方，看爷。爷双手紧紧抓住院坝边的竹栅栏，像个结实又黝黑的木架子。孩子觉得自己从没喜欢过爷，甚至是恨他的，恨他说话时咋咋呼呼的声音；恨他忧郁的老是布满血丝的眼睛；恨他身体被酒精浸泡出的味道。却又不得不为爷身体里爆发出的野性和力量折服：汗水早已将爷身上的青春气息，冲刷殆尽，背篓又压弯他的脊梁。他干起活来还是那么凶狠，在泥巴地里没日没夜地忙，一两百斤重的粮食压在身上，也能在山间小道上健步如飞。爷还好管闲事，村里哪里有热闹，哪里就有他的身影。为村里人出风头，由此而得到普遍的尊重。他为那些田间地头的小事，与人拳头相向时，又遭到人们一致的唾弃。爷的拳头不但打别人，还打孩子和母亲，这也成为他们生活的一部分。爷酒喝高时，稍有不顺，就往死里打，像打耕地时，那头不怎么听话的老黄牛。

孩子对爷的恨不限于此，这连他自己也是说不清楚的。他希望自己快快长大，能不挨打，又能保护母亲。应该是那些人又来了，这个坏蛋，他就要跑出去了。孩子想着跟了过去。不用像爷那样仔细聆听，他也能分辨出那声来自远方的吠叫，“汪……汪……汪……”，始终把村里断断续续有气无力的回应串在一起。孩子知道，是那只大黑狗在叫，也知道它是在那个溶洞里叫——下了村后的缓坡，蹚过山下的小河就可以看见了——经溶洞天然的扩音，似乎比他在睡梦中听到的，还要辽远和洪亮，具有无比的穿透力。每“汪”一声，就像往漆黑无垠的天幕，扔一块坚硬的石头，也像在咬牙切齿，把黑夜一口一口撕碎，吞到肚里。

爷嘴里发出轻微的叹息，转身走回屋去，随后又走出来，换上那身下地干活时常穿的深灰色衣服。手里拿着手电筒，一声不响开了院门走出去。母亲跟着爷走出来，在廊灯下站住，歪头瞅着孩子——她的左眼天生就是瞎的——整个身子是向外摊开的，给人松松垮垮的感觉。她慵懒地打着呵欠，怒气冲冲地拢着蓬乱的头发。许多细密的黑点，在她的头顶纷乱地飞舞。她是出来叫孩子回去睡觉的，孩子不理她，紧走几步来到院门外，看到他们家的路口上站着几个人影。分不清面目，看不出薄厚，像几块黑乎乎的铁板，杵在那里。见到爷走出来，黑影纷纷围拢到他身边，压低了声音说话。光听声音，分不清谁是谁。

“真是猪脑子，他怎么把狗带过去了？”有人说。

“全暴露了。”又有人说。

“大意了，”爷说，“他说要带去做伴。”

“别磨叽了，我们抄近路过去，不然来不及了。”

话毕，几个黑影一前一后奔跑起来。有电筒也不使，摸黑往一个方向跑。孩子也跟着跑，大黑狗的叫声，让他明白过来。还想，这才像一只狗，它总算没被吓破胆。他想跟爷去看看，他们又要干什么。刚跑到路口，爷返回来堵住，沉静又蛮横地向他低吼。

“滚回去。”

“我想跟你们去。”孩子嗫嚅着。

“滚回去。”

爷还是那句话，在孩子脑门上拍一巴掌。不是很重，张牙舞爪地向他叫喊的气势很吓人，冲他俯着的脸上，一股凶气。没等孩子反应过来，爷一把抓住他衣衫的后襟，拎只大公鸡一样把他拎到院门边。母亲正好走过来，爷的怒气又发泄到她身上，声音冷酷阴沉，像从白铁皮里发出来的。

“让你起床看住他别乱跑——你要死了吗？”

“又找死了吧，”母亲不敢看爷，双手紧抓住孩子的胳膊，“叫你回去睡觉，怎么不听。”

看着爷转身，又消失在黑暗中，孩子这才跟着母亲回到屋里。躺在床上，他怎么也睡不着。听着山风在村子上空回旋，吹得屋后的树叶飒飒作响。孩子觉得四壁和屋顶好像都已消失，夜色变成许多细密的黑沙粒，纷纷扬扬散落到身上，把他掩埋起来。兴奋、压抑，还有莫名的恐慌，一起沉甸甸压在他心头。那些人又回来了，要不是那只大黑狗叫，他们根本不会发现邓二爷（指邓二叔）躲在什么地方——现在就别想找到他了。孩子想。

孩子觉得泄气，幼小的心脏，顿觉被什么东西扯了一把，一阵生疼。他翻了个身，趴在床上也没觉得好受一些。一腔热血往上冲，情感里掺杂着对爷的恨，更多的却是伤心和绝望，禁不住用手捂住嘴，痛哭起来。母亲屋里的灯突然亮了，他赶忙止住，闭上眼睛假装睡觉，又在想：邓小果太可怜了，那些人要带他去见他母亲，这有什么不好呢？那些人要是能比爷们先过河，还有点机会……

那些人中的两人，已是第二次来村里了，孩子不知道。他第一次见到时，那些人正好从后山上下来。傍晚，孩子把只有一只牛角的老黄牛，赶进牛圈，开始在院坝里劈木材。一抬头，正好看到那些人，从山顶的太阳里冒出来，背着太阳，在五彩的霞光里，走了一程。孩子以为是上山采药的村民，没怎么在意。对着一根还未完全风干的比爷的腰身还粗的松木，孩子用尽力气，一下一下劈着，松木发出暗沉的橐橐声。斧头吃进去太深，还得用脚踩住，左右摇晃几下，才能拔出来。差不多劈完时，那些人已经来到村里，围着邓二爷家的土坯房转圈子。

他们一共五个人，都是男的。两个皮肤黑一点，穿松垮变形的夹克衫，像镇上的二流子。一个爬在邓二爷家的窗台上往里看，一个抓着他们家的门锁扭几下，生气地踢了一脚紧闭的木门，发出“哐当哐当”的声音。有两个穿的是浅灰色的T恤，留很短的头发，皮肤也很白净。这两人站在一边看，神情忧郁，不苟言笑。一个用脚踢了踢边上的泥土，捡起一块白白的东西看一下，又丢在地上。还有一个头发花白的干瘦的老头，站在路上絮絮叨叨说话，翘着指头不停地指指点点。老头穿胶鞋，提着草帽，腰里系着蓝色的粗布围腰，像要下地干活。村里二十来户人家，住得又较为分散，一户户都被田地和林木区分开。老头四处看看，一个大人的影子都没有。只看到一个矮小得跟年龄不太相称的孩子，站在自家院门前，诚惶诚恐地看着他们，连忙向他招几下手。

孩子长着蓬乱稀疏的头发，两只黑色的大眼睛里，射出的也好像黑色的光芒。打了补丁的劳动布裤子也很小，穿在身上，露出一截黝黑的小腿。除收草药的，孩子很少见到陌生人到村里来。那四个年轻人身材魁梧，行动迅速，严厉的目光到处乱瞅，孩子十分紧张。老头招手要他过去，他心里更加害怕。孩子一步步走去时，觉得脚下的泥土，突然生出强大的吸力，把他的脚板紧紧吸住。要是爷在就好了。孩子想。

“里面黑乎乎的，是不是很久没人住了？”爬在窗户上的人问。

“我哪里知道。我快一年没到这边来了。”老头说。

一个穿 T 恤的紧接着说了句什么，孩子一时没反应过来。孩子觉得那人说话的口音跟村里人不一样，有点怪，但听着很顺耳，大意也是明白的。那人问老头，邓二爷是不是离开这个村子，住到其他地方去了。

“应该不会——”老头问孩子，“邓得明不住这儿了？”

“他住山上。”孩子说。

“是不是带着一个两三岁的男孩？”

“嗯。”

“你知道在哪里吗？”

孩子点一下头。

“可以带我们去吗？”

孩子又点一下头。

那几个人走过来，把孩子团团围住，还是那么严肃，又一个个怒气冲冲的。孩子躲闪着他们的眼睛，没有考虑要不要说或说些什么，觉得怕，也没有应对这种事情的能力。他知道，他们要他过来，就是要问他问题的。他找不到借口，更找不到可以推托的人，只是觉得，把知道的都告诉他们，他们应该会高兴一点，自己也就不那么害怕了。孩子在前面带路时，还听到另一个穿T恤的人，用那种怪怪的口音说：

“抓紧一点，等一下天就黑了。”

孩子带着他们，下了村后的缓坡，沿着河道七弯八拐向下游走了很长一段，又爬上一个缓坡。坡上覆盖着浓密的碗口粗的松树，树林边有一块沿坡开挖出来的地势起伏较大的玉米地。孩子指着玉米地边上，一个用松树搭建盖了石棉瓦的窝棚说：“就是这里了。”除老头外的四个人，四支箭一样射进窝棚，随着一道黑影飘出来，四个人立即又射出来，从不同方向跑得无踪无影。孩子和老头跟进去，看到窝棚里的火塘边，放着几个烤熟的土豆，散发出阵阵香气，还有一壶刚泡好的茶水。孩子和老头都饿了，各找一个凳子坐下，边吃土豆边等那四个人。

听到狗叫声，孩子才知道，那道飘出来的黑影，原来是一条大黑狗。他觉得它一定被那四人吓得够呛，他们动作那么快，体积那么大，像四块模糊又生硬的影子，一下子飞进去，它全身汗毛都会竖起来。出了窝棚，松树林里跑上一大圈，觉得危险消除，汗毛也平顺了，才能回过魂来。它不敢走近，在离窝棚几丈远的邓爷爷的坟堆边，看着一老一小两个人，吃邓二爷的土豆，喝邓二爷的茶水。它“汪汪汪”的吠叫声没有底气，更没有威慑力，老头根本不当一回事。孩子不知道，邓二爷还养了一条大黑狗，响亮叫几声后，嘴里发出的，是一些呜呜咽咽的声音，完全是被吓破胆的样子。看到孩子眼睛时，它还会皱眉头，脸也连忙别过去，不敢再看他们。

邓二爷窝棚的面积，跟他原来住的土坯房差不多。里面有一张木板床，一张吃饭用的桌子和几张凳子，其他什么都没有。床上的被褥和一些花花绿绿的衣服搅在一起，纷乱堆在床尾，发出浓烈的尿骚味和酸臭味。孩子觉得，邓二爷还不如住在原来的屋子好，风吹不着，雨淋不着。哪像这里，一抬头就能看到一片一片的天。他们吃饱后，又等了好一阵，那四个人才回来，一个个喘着粗气，骂骂咧咧的。

"怪事，眼见着他抱着小孩在前面跑，突然间就不见了。"一个穿夹克的说。

"你知道邓得明躲到哪里去了？"另一个穿夹克的问孩子。

孩子看着他，不知道说什么好。山高林密，他怎能知道邓二爷会跑到哪里去。问题是孩子不知道邓二爷为什么要跑。他们在河滩上走时，遇到村里放牛的黄爷爷。黄爷爷问那个头发花白的老头去哪里，老头说带几个外地人，找邓得明了解些情况——孩子这才知道，老头原来是村主任。两三个月前，孩子见过村主任的，住在另一个寨子里，是个高大清瘦的男人，也这么老了。左脸颊上有一颗豆大的黑痣，上面长了几根黑毛。这个老头也是村主任，孩子以前没见过，或许是刚当选不久，但他还想不到这些——既然是了解情况，邓二爷有什么好跑的呢，孩子真的想不清楚。孩子不回话，问话的男人瞪着眼睛，直勾勾地看着他。

"别吓着孩子，"村主任说，"让他先回去吧，等一下天黑了。"

孩子拔腿就走，听到村主任又对那四个人说："你们也回镇上去休息一下，都还没吃饭呢。"至于那四人后来说了什么，孩子没听真切。下到河滩，天早已落黑。他想起来，他应该在家里给爷和母亲做饭的，这回他们回来就吃不着了。他走得很急，最后跑了起来。孩子知道爷一定会生气的，母亲又要受委屈了，说不定正在骂她呢。她不能还嘴，给爷做好饭菜，还要去给他打酒。爷每天不灌一两斤狗尿下去，就活不了。爷不是靠吃饭就能活下去的，爷的血管里流的是酒。长大一点的时候，孩子还会想道：是酒精粉饰了爷的生活，给爷做人的尊严，也是酒精把爷彻底给毁了；爷不是不知道，他什么都清楚，他也是没有办法才这样的。

孩子怀着内疚和自责的心情，刚走进院门，觉得一阵风从后面吹来，整个人立刻就飞出去，摔倒在一堆刚砍回来的柴火上。孩子知道，自己大难临头了，谁让自己不老老实实在家给爷做饭呢。爷却不是为这个打他的，爷扑过来，在他腿上连踢几脚。孩子躺在地上，不停翻滚，避让，没一次能躲开爷的追打。爷腾跳挪移，灵活迅疾，像只马猴。他们的胫骨结结实实撞在一起，发出“嗒”的一声。爷蹲下身去，双手紧紧捂住，嗷嗷乱叫。孩子也疼，钻心地疼，他忍住了，他不能叫，更不能哭，母亲会更伤心的。她已从火塘边跑出来，站在一旁，急得紧紧抓住腰里系着的花围裙，朝爷喊：

“不要再打了，你会把他打死的。”

“你——你他妈滚回去做饭。”爷喝光了昨天剩下的酒，没吃饭舌头就喝大了，“我要打死他，谁让他给那些人带——带路的。”

“带个路又能怎么了？”

“那些外地人，你——不知道他们来干什么吗？”爷说，“要不是——他——跑得快，跳到一个枯井躲起来，他——们就把他抓住了。”

爷越说越气，从身边捡起一根竹条，死命往孩子身上抽。孩子尽力避让着，在院坝里滚来滚去，拼命忍住，不让自己哭出来。母亲哭着跑过来，把孩子搂在怀里，爷就连她一起抽。竹条带着风声，带着火炭的温度，落在他们身上，发出“啪啪”的声音。真的像打那头耕地时，不太听话的独角老黄牛，几亩地以外的人们，都能听到。好在几个人跑来，说有急事，爷这才丢下竹条，跟他们走了。

那晚，母亲是跟孩子一起睡的。母亲倒一杯爷的烧酒端进来，用指头蘸着，擦拭孩子身上的伤痕，说这样可以消炎。母亲脱去衣服，孩子看到她的身上跟他一样，也到处是一条条的红道子，火辣辣地隆起来，他又反过来给母亲擦。孩子的手停留在母亲白花花的肚子上，摸着肚脐边，一块紫葡萄一样浸着血水的瘀伤，问母亲疼不。母亲说不疼，说完她就哭了。孩子慌了神，赶忙劝母亲，说：“再哭你的这只眼睛也会看不见的。”他觉得母亲的右眼，是没有多少泪水可供她流的。

母亲哭得更响了，身子播动着，一把将孩子紧紧搂在怀里。孩子的头，埋在母亲丰满的双乳间，差点出不来气。他又闻到了母亲的味道，感受到她的体温，随着一股暖暖的气流，在小腹间流动，孩子觉得所有的疼痛，都消失了。母亲上一次跟他睡是什么时候，孩子记不得。在他看来，母亲要能天天跟他睡，就好了，这样她就能免遭爷的欺负，不至于总会在夜里哭泣。孩子时常思考这个问题，怀着既兴奋又恐惧的心情。他知道，不管他想什么，怎么想，只要有爷——这个家的顶梁柱——在，一切都是白搭。所以他又才想到，挨爷一顿打是值得的……孩子的身体完全放松下来，心里空荡荡的，什么都不用担心了。他在行将入睡时才想起来，问母亲：

“那些人为什么要来找邓二爷？”

“好像是为了邓小果，说要带他去广东见他母亲。”母亲也是迷迷糊糊的。

邓小果是邓二爷的儿子，邓二爷身边唯一的亲人。邓二爷以前还有一个女儿叫邓小花，三岁那年，跟她母亲一起失踪了。那时还没有邓小果，邓二爷的爷邓爷爷也还没死。他们一家，住在两间屋后种了几棵核桃树的土坯房里。与孩子家，隔着一块菜地，是村里离孩子家最近的一户。孩子听母亲说，邓小花的母亲，是因为换亲才嫁给她爷的。邓小花的舅舅家，远在五十多里外的一个小镇上，条件还不错，因腿瘸，四十岁还娶不到老婆，没办法才让妹妹换亲，到山里来给邓二爷当老婆的。邓二爷的姐姐嫁过去后，就没再回过这个生养了她的小山村。难怪这个村子，留不住邓小花的母亲，也留不住三岁的邓小花。

邓小花失踪前，整天跟孩子一起玩。大人很忙，在山间那些小块小块的偏斜、贫瘠的土地里，种玉米和土豆。就是这些土地，供他们衣穿，供他们食物，供他们一代一代活过来，又要一代一代活下去。有时候连他们自己都觉得，不可思议，是个奇迹，而这奇迹，也是靠他们原始又巨大的创造力开创的。邓爷爷有一天突发奇想，要把分给他们家那片山林上的荒地，开垦来种庄稼。邓爷爷说干就干，放一把火烧去荆棘和杂草（灰烬用来做肥料），带上全家没日没夜地改造那片荒地。饿了烧几个土豆吃下去，接着干。成就巨大，两年后，他们家开垦出来的土地，比承包到户的那些狭窄、零散又坑坑洼洼的，面积还要大。邓爷爷决定，单种这一块土地就够了，但他并不满足于此，又带领全家，继续向四周拓展这块土地的面积。

邓小花的母亲吃不消了，几年下来，她从一个丰满白净的少妇，变成形销骨立、一脸苦焦的怨妇。她不再跟着上山去挖地，想留在家里多养几只鸡，多喂几头猪，这也是能换来钱的。她觉得这比整天在山里挖呀挖的，更为实在。土坯房后面那几棵核桃树，也是她那时种下的。邓爷爷不答应，上蹿下跳地骂，骂她好吃懒做，骂邓二爷管不住自己老婆。骂得她实在受不了了，又扛着锄头上山去挖呀挖的。一天，邓小花肚子疼，母亲留在家里带她，村里中午来了一个收草药的外地人，给了她母亲十块钱，让她给他做点吃的。她收下钱，给他下了碗面条，还给他泡了壶茶水。等他吃完面条，喝完茶水，她背上邓小花，连衣服都不多带一件，跟他走了。

邓二爷以为邓小花的母亲，是带她到镇上看病，顺道回娘家一趟。一个星期没回来，托人去问才知道，不是那么回事，自己的老婆是跟人跑了。他头上的天塌了，整个人也跟着垮了：面色暗沉，神情呆滞，骨架子是松的，像个漏了气的轮胎，软塌塌的。

邓爷爷把家里大部分粮食卖了，钱交到邓二爷手里，让他出去找老婆孩子。邓二爷带上几件衣服出了门。那时，也是雨丝绵绵、潮湿多雾的五月。

邓爷爷是一个胡子拉碴的小老头，花白的头发短粗而蓬乱，穿一身满是补丁的洗得发白的劳动布衣服。在家里也像在地里，不穿鞋子到处走来走去。他是一个闲不住的老人，好像一天一刻不干活就会死去。坐在火塘边喝茶，手里都剥着玉米棒子，似乎睡觉做梦，都要摸着锄头把子，才会踏实。一个人在家，邓爷爷干活更加拼命。搭个窝棚在地边，吃睡都在山上，月色明朗的晚上，半夜还要干上一气，才会躺下休息。天麻麻亮，又在地里干上了。直到有一天，邓爷爷的头和高高扬起的锄头，一起栽倒在地里，再也没起来。

那时邓二爷已经回来了，第一场雪刚刚下过，到处一片白茫茫的，看着有些晃眼。邓二爷把邓爷爷背到地边，挖个坑埋起来。那把锄头，靠在邓爷爷坟头上，当他的墓碑，做他的墓志铭，更像是要他死了也别停息，继续没日没夜地开垦。邓二爷彻底成个孤家寡人，刚有锄头把子高，他就成了邓爷爷的得力助手。这或许就是他和邓爷爷都长不高的原因，邓二爷甚至比邓爷爷还要瘦小，模样也像邓爷爷，就是胡子还是黑的。四十岁的人，看上去跟六十岁差不多。邓二爷沉默寡语，不求人帮助。一个人做饭，一个人洗洗刷刷，蓬着乱发在破败的门廊下走进走出。他不考虑怎么再找个老婆，传承了邓爷爷的疯狂干劲，扛着锄头在邓爷爷倒下去的地方，又没日没夜挖起地来。这样过了一年，两年。或许是考虑到自己有一天，也会像邓爷爷一样，倒在地里，再也爬不起来，但那时，已经没人把他背到地边，挖个坑埋了，邓二爷这才决定，放下锄头出一趟远门，且一去两年多才回来。回来后的邓二爷，搬到山上的窝棚里去住。村子里，邓二爷跟孩子的爷走得最近，每次都是孩子的爷跑老远的路，到山上去找邓二爷喝酒聊天。喝醉了，就跟邓二爷睡在窝棚里。邓二爷从不来找孩子的爷，他没事几乎不到村里来走动。

春后的一天，邓二爷来到家里，磨蹭半天才说找母亲有事。孩子跟母亲一起去到邓二爷窝棚里，邓二爷指了指床上，孩子和母亲才知道，邓二爷还带回来一个八九个月大的男孩。包裹在一条乌漆墨黑看不出什么花纹的毯子里，躺在床上发着高烧。已经两天了，通红的身体不停痉挛着，不死也只剩最后一口气。母亲赶忙把散发着浓烈屎臭味的毯子解开，脱去男孩身上的衣服，用邓二爷的烧酒给男孩擦拭身子。又让孩子跑回家，取感冒药，忙活半天总算保住男孩的小命。

男孩就是邓小果，有花才有果，但邓小果不知道，自己以前还有个姐姐叫邓小花。邓二爷跟母亲说，他那两年是去广东了，他找老婆孩子时去过广东（听人说他们被那个收草药的，带到广东打工去了），知道那儿很好找工作，不需要什么文化技术，身份证登记一下，就可以在工地上干活拿工资了。在工地，他跟一个河南女人好上了。邓小果就是河南女人给他生的。女人不愿意到这穷山沟里来跟他生活，他只好把邓小果一个人带回来。

“可怜了。”母亲说。

邓二爷说："嗯。"

母亲把孩子小时候穿的衣服，送几套给邓小果，还新给邓小果做了个褂子。小病小痛的，就到山上帮邓二爷照看。看着邓小果一天一天长大起来。起初，邓二爷用蛇皮袋给邓小果做了个吊床，挂在地边的松树上。邓二爷干活时，他躺在上面，听着涛声，咯咯笑着，一会儿就睡着了。大一点会走路了，邓小果跟在邓二爷屁股后面玩泥巴。邓二爷稍不注意，他就把抓到的蚯蚓、蚂蚱，塞在嘴巴里，吃得满口黄汤泥水。邓小果的脑子，被那次高烧烧坏了，什么都不懂，就知道傻笑，但很听话，木偶人一样听话。到了三岁，邓二爷就到镇上，特意给邓小果做把小锄头，整天带着他挖地。邓小果一下就迷恋上了，像邓二爷、邓爷爷一样，一刻也不停下来，累了就趴在新翻出来的泥巴上睡一觉。邓二爷刚把他抱到窝棚里的床上睡下，一转眼，他又跟在后面，吭哧吭哧挖地了。晚上也这样，似乎是邓爷爷灵魂附体。要不是那些人找来，邓小果一辈子都会这样挖下去的。

邓二爷会跟那些人扯上关系，让他们大老远跑到深山老林来，找他的麻烦，让村里人感到意外。他们把邓二爷追得满山跑，是跳到一个枯井里，才躲过去的。他一条腿摔折了，根本走不了路。是孩子的爷带着人去找到邓二爷，把他和邓小果从枯井里弄出来，连夜偷偷转到小河对面那个溶洞里的。此后一个来月，邓二爷就和邓小果住在那儿。

后来，那些人似乎把邓二爷忘了，个把月都没再进过村子。村里许多人，跟着也把这事忘了。等那些人晚上带着手电，再次来到村里，孩子一开始还以为是小偷进村了呢，爷又和几个村民赶去救急。那些人没孩子想象的聪明，他们应该是没听到那条大黑狗，在河对岸吠叫，或是根本意识不到，狗的叫声里有秘密。不蹚过河去查看，而是到松林边的窝棚里，扑了个空。此后几天，那些人进村时，都带着尺把长的砍刀，有时故意露出寒光，在路上走来走去。他们改变策略，让村主任和一个镇上来的本地人，帮忙挨家挨户做工作。满嘴尽是些“窝藏”“包庇”什么的新鲜词儿，孩子听得不是很懂，但明白坐牢是什么意思。孩子尤其害怕他们腰上别着的砍刀，这家门进，那家门出，从未抽出来过，刀就在那里，在黑色的牛皮刀鞘里，在他们粗壮的腰杆上，散发出神秘的杀戮气息和宁静的死亡味道。

村里气氛日趋紧张，一些人的行为变得十分诡异。爷对村里人的团结失了信心，觉得最危险的地方才是最安全的地方。虽不是长久之计，爷仍连夜把邓二爷和邓小果转移出来。孩子半夜醒来，发现床上多了个人，起身一看，多的不止一个，两人已在孩子床铺上，沉沉睡去。孩子拉开灯，他们的眼皮都不眨一下。邓二爷那条摔折的左腿，伸出床外，搭在一张凳子上，看上去比原本粗两三倍。腿上夹着两块松木板，用一根黑带子死死缠住。长期用苦蒿水浸泡，散发出一股特别的腥臭味。

第二天中午，爷要孩子去把黄爷爷的儿子——爷和邓二爷的好朋友——请到家里来，一起商量，怎么把邓二爷送出山去。送到邓二爷五十里外的姐姐家去，躲一躲，顺便把腿治一治。母亲一早把家里那只养了两三年的大母鸡杀了，给邓二爷和邓小果补补身子，为他们送行。酒桌上，他们为是否连邓小果一起送走这事，争论不休。爷和邓二爷都坚持带着去，黄爷爷的儿子认为是自找麻烦。亲姐姐又怎么样，不能给人家生一男半女，在家里就说不上话，做不了主。还不一定敢收留邓二爷，又怎么可能收留邓小果这样一个随时都要人照顾的傻孩子。至于怎么处置邓小果，黄爷爷的儿子也说不出个所以然，时下反正是不能留在村子里的。

“把邓小果还给他们算了。”孩子插话说。孩子想那些人是为了邓小果才来这里的，他们要就还给他们。他还想：他那么可怜，还是个没用的傻孩子，天大的事情，还给他们后不就有个商量了。

“你懂个屁。”爷说。

爷把孩子从火塘边赶出来，让他在院门外站着，有人来喊一声。孩子不敢违拗，站在院门边，想着爷做的这些事情和那些人腰里的刀，感到心烦气躁，心里突突地跳。要出问题了，孩子想。他预想不到会出什么问题，捏紧拳头，砸几下院门。响声把爷吓出来，问怎么回事。孩子说没事，爷骂他一句什么，又进去了。孩子觉得自己浑身充满了破坏性力量，似乎把眼里见到的东西都砸烂，也不能让心口畅快一些。母亲出门来给孩子钱，让他再去打酒时，天已经黑了，天空下着淅淅沥沥的雨。孩子从母亲手里接过钱和酒瓶，冲她喊道：“喝，喝，最好把他们都喝死算了。”他向村里酿酒那户人家走去，路上有人说，那些人又来了，这回来了七八个人呢。孩子那种胸腔被挤压，呼吸不顺畅的感觉更强烈了。他觉得来的不是七八个人，而是七八把刀，每一把刀都能带着寒光，在爷身上，砍一块肉下来。回到家里，孩子把那些人要进村的信息告诉了爷，他们连酒都不敢再喝了。每人胡乱吃几口饭，匆匆忙忙从后门出去。黄爷爷的儿子抱着邓小果在前，爷背着邓二爷在后。

“爷，”孩子跟在后面喊，“你们走不了的，那些人要进村了。”

“别叫……”爷的声音还是那么沉静，蛮横。

“那些人有砍刀，”孩子说，“他们一定会砍人的。”

爷不理他，背着邓二爷冒雨钻进密林中。孩子赶忙跑去，抱住爷的腿不让爷走。

“拉住他，把他拉开。”爷厉声对母亲说。

孩子的力气差不多跟母亲一般大，母亲拉开左手，他就换右手拉爷的裤腿，拉他右手，他就换左手，嘴里发出“哇哇”的声音。母亲怕人听见，又赶忙捂他的嘴巴。他趁机双手紧紧抱住爷的双腿。黄爷爷的儿子都已走远，又返回来问是怎么回事，说再闹别人听见了。爷只好把邓二爷放下来，孩子自己没料到，其他人也没料到，爷把他的手撕扯开后，飞踹给他一个窝心脚，气急败坏，使足力气，把孩子一脚踹飞出几米远。爷不管他的死活，继续背着邓二爷跟着黄爷爷的儿子，一起消失了。

孩子感觉不到疼，他觉得自己的五脏六腑，都不在原来的位置了，全翻了个儿，过了很久，胸腔里都还有“轰隆轰隆”的回响。孩子突然明白，那股热血为什么老是冲上来了，那股一直以来就在爷的胸腔里躁动的气，也开始在他的胸腔里蒸腾。由不得他选择，也不管他愿不愿意，似乎在传到他身上之前，已经传了好几代，甚至更加地阴沉，也更加地恶毒。孩子起身踉踉跄跄往外跑，母亲拉他但被他挣脱了。他想：你什么都不懂，你什么都不懂。出了院门，他在泥泞的路上一路狂奔，一洼一洼的水，踩踏后溅得他全身都是，有的直接溅到嘴里。他吐出泥沙，也不擦一下嘴，继续狂奔。感觉风在耳边呼呼地响，雷声隆隆滚过天边，亮闪亮闪的。大雨就要来了，这些，孩子全顾不上了。他一直跑到村口，跑到那些人面前，他们也在往与他相反的方向奔跑，见到他都不停一下。孩子抽抽搭搭地，半晌开不了口，只得转身跟着他们跑一气。他对身边离得最近那个说：

"他们要把他送出去了！"

"谁？"那个人跑着问他，"你说什么？"

"邓得明，"孩子说，"我说的是邓得明。"

那个人还是不理他，一刻不停地跟在其他人身后跑着。

等孩子看清那些人，是在往他们家那个方向，往他们家屋后的山上跑去，他就想一切都要完了，危急关头就要来了。雨越下越大，他的血也在狂奔，气在上涌。他转身朝另一条小路继续奔跑，跑了好一气，都还能听到那边传来的嘈杂声、叫喊声。手电筒的光柱，把夜雨的天空搅得乱糟糟的。他还是停不下来，只在心里叫了两声："爷……爷……"他一直狂奔到河滩上，站在河岸上，意识到自己无路可跑了，才停下来。

他不想回家，除了河对岸那个溶洞，他什么地方都不想去。他冒雨过河时，平时只到腰部的河水已涨到胸前，浑浊、汹涌、湍急，差一点把他裹挟走了。他喝了好几口水，才拼命浮过去。他慢慢爬进那个溶洞，雨淋不到了，四周黑黢黢的，什么也看不见。他没有力气，小小的身子缩成一团，在凉飕飕的夜里抖个不停。他觉得这瓢泼的大雨，是永远都不会停下来了。除了过河，他根本找不到一条路可以回到家里的，也不会有人知道他在这里，不被冷死也会饿死。所有的恐惧和伤心绝望都已消失，他心里留下的只是忧虑。他在洞口摸索着，找一块石板坐下来。他现在不喘气了，心里又叫了两声：

“爷……爷……”

夜风卷着潮湿的雨气，一次次扫进洞里。为驱逐寒冷，眼睛适应黑暗后，他在溶洞里的空地上不停走动，一边找寻邓二爷可能留下的衣物被褥取暖。头在岩壁上碰得生疼，也没发现什么。饥饿适时袭来，他转圈子时，还得紧紧捂住咕咕叫的肚子，期待黑夜赶快过去。不管雨停不停，天一定是会亮的，在这个暮春的雨夜，他知道这是明白无误的，但那腔古老的血液永远也冷却不下来，不管过了多少个夜晚，也是这样。这一点，他却不一定想得明白了。

青鱼

星期六上午，孩子见到第二具尸体。

正午时分，阳光从锈死发黑的窗户投进来，在火塘里与焦炭一起燃烧，变成火焰的一部分。火红的煤块上，晕染出一层紫气。随着火焰的跳动，爸爸瘦削的脸颊，明暗之间不停变换。他还能看清爸爸身体的轮廓，似几根黑色的木柴棒，散乱放置在火塘边的朱色长条椅上。一晃眼，爸爸又消失了，留在那儿的，似乎只是一个幻影。

“你知道死是怎么回事吗？”孩子问。

爸爸没有回话，他躺在大靠椅上不停抽烟，他似乎一直躺在大靠椅上不停抽烟。事情的发生，比孩子的记忆还要长久。他的身体一天天虚下去，变成青灰色，仿佛血管里流动的，也是一缕一缕的烟气。偶尔他也转动一下脑袋，“噗”的一声，吐出一口发黄的还被烟气缠绕着的痰。痰落到火塘边的灰烬里，击打出一个小坑，又消弭在灰烬中。落在火塘里的焦炭上，就发出“嗤嗤”的声音，屋子里弥散着淡淡烟味和口水的腥臭味。孩子把头低下去，避开阳光的照射，看着爸爸。孩子的目光和话语让他有点惊恐，有点恼怒。爸爸的眼珠在眍瞜的眼眶转动几下，聚拢散乱的目光，看清孩子脸上的疑虑和迷惑，犹豫着，选择恰当的词语回答他。

“就是不再活了。”爸爸说。

这是对的，刚子被送到医院去前——如果他们知道他落水的时间有多久，就不会这么做了——孩子听围观的人也是这么说的，“活不了了，活不了了”。一点也不掩饰他们的焦虑和担忧。刚子毕竟被送到那个救死扶伤的地方去了，如果刚子能把那口堵塞着他气息流动的水吐出来，恢复心的跳动，兴许就能活过来。孩子一点也不希望刚子死，他从一开始就没这么想过。

“不要出去了。你妈不让你乱跑。”

孩子起身开门，爸爸又说。孩子需要了解更多信息，而不是陪着爸爸，继续看他把发黄的痰，一口一口往火塘吐。他要走出去，听听人们又在说些什么。跨过门槛，孩子有意在门前停一下，想听听爸爸又会说什么，或者骂他两句，可都没有。爸爸就这么躺着，现在根本管不住他了。

孩子是在磨面房门前台阶上，见到刚子的姐姐贵珍的。许多人离开了，又加进一些新来的，关切地向贵珍问这问那，她对谁都说不知道。她不知在什么地方玩，是刚子被送走才赶来的。他们家就她和刚子两个孩子。刚子长得瘦小苍白，很安静，有点胆小怕事，走到哪儿都不声不响的。贵珍不一样，她甚至比孩子高出一个头，长得胖而结实。印象中昨天说话还细声细气，今天嗓门一下就宽厚敞亮许多。父母平时忙农活或到附近厂矿做工，贵珍就带着孩子和刚子。教他俩做作业，带他俩过家家，还会告诉他俩电视里看不懂的故事情节。可现在她变了一个人，气冲冲跑过来，用手拽住孩子衣领，在孩子脸上连掴两个耳光。

“是不是你推他下去的？”贵珍说。

“不是，”孩子觉得脸上很烫，却不疼，说，“是他自己滚下去的。”

“胡说，”贵珍说，“你是不是要霸占他捡到的青鱼，就把他推下去了？”

“不——是——”

“除了你们还有谁？有人看到没？”

“没有，”孩子说，“就我们两个，不知道有人看到没。”

贵珍的手一直拽着孩子衣领，实在气不过，又掴他两个耳光，一边一个，很用力地抽上去。孩子还是不觉得疼，也没哭。今天一早，被徐奶奶儿女的哭声惊醒过来，孩子心里的什么东西突然凝固了。对很多事情失去感觉，也不那么在乎了。此前，世界对他是敞开大门的，现只留下一扇门，且通向死亡之地。孩子想过问爸爸，他以前是小学语文老师，现在却什么都不知道，连身体也坏了。只会躺在火塘边不停抽烟，吐痰，等待死亡来临。孩子觉得爸爸血管里，流动的是一缕一缕烟气，自己血管里流动的是一根根的棉丝。它们从周身毛细血管汇集到心脏，堵塞在胸腔，不断搅动，膨胀，弄得孩子头都晕了。

贵珍松开手，孩子走下一个缓坡，穿过一片枝繁叶茂的攀枝林，来到小溪边。他的脸越来越烫了，他蹲下身子，用清水洗了洗。小溪是从村子后面的大山流出来的，环绕村子流动，又汇入村子前面的河流，被河流带去了远方。溪边是大片大片玉米地，阳光烘烤下，散发出香甜的气息。孩子的目光越过玉米地，看到远处另一个叫新河的村子。左侧还能看到他们学校，爸爸以前就是在学校当老师的。学校门前缓坡下，是一个两亩多地的鱼塘，被高高的苏丹草围绕着。刚子就是淹死在鱼塘里的。他俩常在小溪里捞鱼，抓田鸡。医生如果能把刚子救活，他们还会这么干的。

用水多洗几次，孩子的脸才舒服些，不那么烫了。他又穿过攀枝林，爬上缓坡，来到磨面房门前台阶前。他以为贵珍还会打他，不敢走近前去。贵珍像一个大人，右手掌撑在膝头上，支住脑袋，表情沉重而悲切，失神地望着地上那摊即将干涸的水迹。水是从刚子肚子里倒出来的。有人把家里水牛拉来，刚子爸爸脱去他的衣服，让刚子担在牛背上，扶住刚子脑袋，用力拍他的背部，仿佛敲鼓一般。水应着鼓声，从刚子肚子流出来，白花花流一地。很多人围在水牛身边帮忙，七嘴八舌出意见。眼见着刚子肚子瘪下去，不再有水流出，又把他抱下牛背，仰躺在台阶上。刚子双腿并拢，手掌朝上，头发还有点潮，浑身散发出淡淡的腥味。

孩子走近看，觉得刚子一点也不像躺在门板上的徐奶奶。刚子面色青紫，脸盘也比平时大，微张着嘴，似在等着别人给他喂点吃的。刚子额头还有一小块瘀伤，不知怎么来的。孩子很想伸手摸一摸，不是查看伤口，就想接触一下刚子身体，记住这种感觉。孩子不敢，他觉得，刚子爸爸一定会非常生气地打他一拳。孩子看到他的手一直在哆嗦，眼泪吧嗒吧嗒掉，似乎比刚子还要可怜。

警察来了，刚子爸爸正扒开刚子的嘴，往里吹气。警察是开着黄色吉普车来的，停在路边。警察走下车，眼睛很快扫视一下整个场景，又盯住某一个点，一脸严肃走过去。人们给他让个道。

他径直走到刚子身边，勾下身子，俯视刚子的脸，问是怎么回事。有人说，刚子掉鱼塘里了，警察又问：

“捞上来多久了？”

“就刚才。”

“他是一个人去的吗？”

“不是，”有人指着孩子说，“跟这个小孩一起去的。”

警察看着孩子走过来，还是那么严肃，用手摸一下腰带上挎着的枪。孩子十分害怕，不敢看警察的眼睛。警察走近，用手拉着孩子的手肘，把他带到一边，说要了解一下情况。几个人跟着，想听听孩子说些什么，警察呵斥一句，又退回去。一个胖乎乎的妇女，继续跟在身后，警察停下来，问她是不是听不懂他的话。孩子告诉警察，她是他妈，警察才不说话。

“鱼塘边就你们两个人？”来到警车边，警察问。

孩子连忙点一下头。

“要跟警察说实话。”妈妈交代。她还是那么紧张，脸上不停冒汗。

“他是怎么掉到水里的？”

“他用抄网捞鱼，没站稳就滚进去了。”

“你怎么不救他？”

“我不会游泳。”孩子说。

“周围也没有人？”警察把手放孩子肩头。

“没有，”孩子感受到了警察手臂上传过来的力量，心里更害怕了。“我跑到学校下面才见到人。是我带人去把他捞出来的。”

“他头上的伤口怎么回事？”

“我不知道。”孩子说。

“你们打架了？”

“没有，”孩子说，“我们去之前跟罗汉打了一架。”

“罗汉是谁？”

“学校的一个男生，比我们高一年级。”

“他跟你们去鱼塘边了？”

“没有，就我们俩去的。”

“他掉下去过多久才被捞上来的？”

“五六分钟。”

警察听了，似突然想起什么，跑到刚子爸爸身边，对他说：

“别吹了，赶快送医院。”

刚子爸爸一脸惶惑，不明白警察的意思。

“快，抱到我车上去。”警察又说。

开车送走刚子前，警察告诫孩子，不要乱跑，回头还要找他继续了解情况。妈妈爬进车里，跟刚子爸爸一起送刚子去医院。她也交代孩子不要乱跑，老老实实回家待着。妈妈让一个堂叔，把孩子带回家。不是孩子不知道路，她就是觉得，必须得有个大人跟着他回家，事情才够严肃。堂叔一路吓唬孩子，说他闯了大祸，怎么能把刚子带到鱼塘去玩。孩子说不是我带他去的，是他带我去的，刚子一大早就来我家等着了。这是事实，孩子妈妈可以证明。

回到家里，孩子从碗柜端出剩下的鸡肉，在火上加热了吃。吃得很仔细，每一块骨头都翻着个儿啃，缝里的肉丝也要抠出来。

粗一点的骨头，就在两头吹吹气，用力吮吸。觉得里面的汁液，比鸡肉还要好吃，可惜太少了。孩子看着满桌子鸡骨头，仍觉得肚里空落落的。吃鸡肉的过程，孩子都在观察爸爸的神情。以为爸爸会生气，像妈妈经常做的那样，斥责他一番。说他贪吃，一点都不懂事。爸爸没有，脸上似乎还带有笑意，眼神也十分温柔。似乎火塘的热气，也是通过他眼神的传递，再烘烤着孩子的。

“没有了。”孩子把空碗给爸爸看。

“吃饱没有？”爸爸竟然笑了起来。

“还有点饿。”

“你烧几个土豆吃吧。”爸爸脸上依然喜气洋洋的。

孩子很少看到爸爸这么高兴，爬楼到自己的睡床下去取土豆时，心里十分不解。在楼上，他扯开嗓子问：

“你要不要？”

“要的，”爸爸说，“两个就可以了。”

爸爸心安理得的口气，让孩子觉得丧气，翻烤土豆时都不想再看他一眼。土豆烤熟了，孩子放两个在爸爸伸手够得着的地方。自己拿上几个，带着板凳，到屋外的廊檐下坐着吃。门前马路上，不时有人走过，他们会扭头认真审视着孩子。孩子知道他们眼神里的意思，他装着不在乎，也不跟任何人打招呼。风从小河那边吹过来，拂过孩子额头，凉丝丝的气息，让他心里那种慌乱的思绪平息一些。只是作用不大，他胸腔里，那种被堵塞的燥热的感受依然强烈。仿佛那团棉花一样的东西，还在不断膨胀和搅动。孩子进到家里喝过一次水，看到给爸爸的两个土豆，仍放在那儿没动。吃完土豆，孩子又洗了把脸，他在镜子里端详自己。感觉半天里，自己倏然长大好几岁，就是模样没什么变化。脑袋还是削尖的，脖子很短，脸颊狭长，神情依然青涩，似乎是另一个自己。孩子向四周看看，觉得还有一个更加真实的自己，悬浮在空气中，时刻注视着自己。是爸爸的话，让孩子回过神来。爸爸说：

“以后不要再去那个地方了，很危险的。”

是堂叔告诉爸爸，刚子淹死在鱼塘里的，不然爸爸什么都不会知道。孩子不再理他，喜欢不起来。一想到爸爸躺在椅子上，整天抽烟吐痰，他就觉得难受。家里的地是妈妈一个人种，忙完农活，她又跟刚子妈妈到锌厂刨炉渣，捡里面的锌粒，拿去卖钱买药给爸爸吃。爸爸什么也不做，家里有什么好吃的，还得先尽他享用。孩子甚至是恨他的，不想叫他爸爸。孩子一直希望爸爸死亡的那一天，早点到来，这种感觉现在更强烈了。他问爸爸问题时，口气里夹带着恶毒的诅咒，不知爸爸听出没有。

妈妈在，孩子还会在家待一下，她前脚走，孩子后脚跟着出门，找刚子玩。村里很多他们这个年纪的孩子，数他俩的关系最好。他们一起上学，放学后又背着书包到处跑。书包里有用作业本折叠好的纸板、五颜六色的玻璃球、弹弓和用钢锯片做成的飞刀。他们在远离村子的地方，甚至会跑到山里去，似两只远离巢穴的鸟儿，四处飞翔。肚子饿了，偷别人家土豆烧着吃，渴了就喝山泉水。如果不怕爸爸妈妈担心，他们甚至可以在山里住个十天半月——那个看管鱼塘的老头，就整天住在山里，听说几年都没回过家了——只不过，刚子死了。孩子目睹了刚子生命消失的过程，心里觉得有些孤单。刚子仰躺在磨面房门前台阶上时，他觉得自己应该胆大一点，仔细摸摸刚子的身体，就算刚子爸爸打他一拳，也没关系。他需要那种感觉来充实自己的想法，并带着这个感觉，去体验每一天的成长。此前，孩子对死亡没有什么特别的感觉。村里每年都会有一些人死去，就像每年都会有一些人出生，不会让孩子觉得有什么奇怪的。孩子甚至觉得，就算爸爸哪一天死了，他也会无动于衷的。他还会跑得远远的，冷漠地看着那个乱糟糟的场面。是徐奶奶的死，让孩子产生了新的想法。

天刚麻麻亮，孩子被一阵撕心裂肺的哭喊声惊醒。他飞快穿好衣服，跑下阁楼，开了后门冲出去。远远就能看到，徐奶奶家门前的杏树上，挂着“望丧钱”，又白又长的印着神秘符号的纸带，随风一飘一飘的，向村里人传递她离世的消息。孩子跑到他们家时，徐奶奶已经靠墙躺在堂屋里的一块门板上了。一顶黑色瓜皮帽，箍在徐奶奶头上。她紧闭着双眼和嘴唇，早已塌陷的面庞呈灰黑色。她穿着平时穿的那身青布衣服，安静地仰躺着，腿伸得很直，双手也平伸在身体的两侧，显得十分僵硬。徐奶奶的女儿跪在她身体的右侧，在地上烧着纸钱，小声哭泣。她的儿子忙着找来一根竹竿，猛地向上一戳，把屋顶的瓦片捅开一个洞。徐奶奶的魂魄，从洞里升入了天堂。

孩子把徐奶奶从头看到脚，感觉她在死亡瞬间，身体的骨架，也跟着坍塌了，人变得比原来小了很多。还想起了徐奶奶给自己挑杏子吃的情景。每年杏子熟了，孩子就喜欢往徐奶奶家跑。徐奶奶用他儿子戳房顶的那根竹竿，在够得着的地方，把熟透的杏子挑下来给他吃。徐奶奶动作很轻，不想伤着枝叶。她是一个善良仁慈的老太太，已经病很长时间了，死在了即将满八十岁的时候。孩子知道，徐奶奶是不会再从那块门板上爬起来，颤巍巍举着竹竿，仰着头，给他挑杏子吃了。孩子还知道，葬礼一结束，徐奶奶会被送到山上，深埋进土里。人们会用石头，给她砌一个蝌蚪状的坟堆。坟头新种上的茅草，不出半个月，就会变得绿油油的。

看着徐奶奶，孩子想到了一些以前从未意识到的问题：原来死亡竟跟自己有着如此亲密的关系。不管自己活得有多么长久，有一天终归要死去，原来自己活着，就是为了有一天要死去。在这个漫长的过程里，自己所做的这一切，又有什么意思。这一天是怎么也避免不了的，只能增加苦熬的分量，那自己为什么还要活着？对死亡的恐惧突然攫住他的心灵，造成一种天旋地转的感觉。孩子蹲在徐奶奶头颅边，浑身颤抖着。天已大亮，四邻陆续来到，帮忙安排徐奶奶的葬礼。他们用奇怪的眼神看着孩子，不明白他这是怎么了。也不知是谁把孩子扶出堂屋，找一张凳子，让他坐在外面的杏树下。孩子绝望地望着天边，那里的云朵又薄又透，在朝阳的红光里，轻盈地浮动着。等孩子缓过劲儿来时，胸腔里就有那种被棉花充塞的感觉了。

孩子很冷静地想象自己的死亡——如果能有一种方法，让他在这个时候毫无痛感地死去，他也是愿意的。在此之后，世界会是怎样一番景象，孩子根本想象不到。他无从经历，就难以意料——想象自己是如何烟消云散的，苍白瘦小的身体，装进一个漆黑狭窄的小棺材。跟徐奶奶一样，在山里某个地方，被泥土深深掩埋。天地间下起了倾盆大雨，雨水渗入地底，浸泡着他的尸体，加速了他的腐烂。最后剩下的，只是几根白骨。孩子的眼睛雾蒙蒙的，想哭，又不想让人看到，他解释不清自己哭泣的缘由。孩子带着泪痕慢慢往家走，躲到屋子后面厕所里，压抑着哭起来。为不发出声音，他用手紧紧捂住嘴巴，但还是能感觉气流从喉咙里，一浪一浪往上冲，在口腔里发出近似咳嗽的声音。泪水也汹涌往下流，沿着手掌边缘，一直流到臂弯里。

妈妈提着裤带开了后门，冲进厕所时，孩子还在抽抽噎噎地啜泣。她一掀草帘子，看到孩子站在厕所里哭泣，一时没明白怎么回事。愣了一下，也不知道为什么，急着解决内急问题，便扯一把孩子，把他推出去。孩子在妈妈下蹲的同时，听到水流倾泻的声音。妈妈这才说：

“你号什么丧？到处找你吃饭。”

孩子很想问，“妈妈，人为什么会死？”犹豫一下，没说出口。妈妈蹲在厕所里，就能听到徐奶奶家里的哭泣声，人们在忙着装殓徐奶奶的尸体。妈妈跟其他人一样，对此漠然视之。她什么也不懂，没上过一天学，只知道吃饭和干活，名字都是爸爸教她写的。孩子在后门前调整好情绪，才回到家里火塘边。他从一开始就知道，自己的哭泣是无济于事的，死亡是不可避免的。他只是一时没控制住，觉得自己只有跟别人一样，对此不闻不问，世界才是有头绪的，正常的。

爸爸坐起来了，在他日常躺着的长条椅上，身板比徐奶奶厚不了多少。他晃晃悠悠的，似乎把持不住自己。孩子觉得一口气，就能把爸爸吹到屋外面去。坐在爸爸旁边的还有刚子。孩子知道刚子会在，刚子正在修理自己的弹弓，神情很专注。跟孩子一样，刚子一定也没意识到，几个小时后，自己就将死去，这是他生命的最后轨迹。刚子昨天晚上告诉孩子，他爸爸在鱼塘边捡到一条鱼，一条青鱼，三四斤重。昨晚红烧给他们吃了，他从没吃到过这么好吃的菜。刚子告诉孩子，他爸爸说了，青鱼喜欢在水里跳跃，一不小心跳到鱼塘外面来，他正好经过就捡着了。这让两人十分兴奋，觉得下课后又多一个去处。他们只要耐心一点，守在鱼塘边，一定还会有青鱼跳出鱼塘的。还商定了，若能捡到，先给孩子吃。

"你去哪里了？我一起床就来找你。"刚子说。

"外面玩……"孩子躲闪着刚子的眼神。

火塘边餐桌上，摆着两个菜，红豆酸菜汤和土豆丝。这基本是他和妈妈每天的菜肴，而爸爸的饭碗里，自是别有风味。不用看就知道，妈妈一定是把那锅三天没吃完的鸡肉，加热一勺放在爸爸碗里，只供爸爸带肉连汤，一人享用。鸡是姥姥送来的，也是姥姥帮着宰杀的。姥姥一口没吃，妈妈也是，只给孩子碗里舀上一勺汤。姥姥说，小孩子要多喝汤，身体才健康。孩子知道，姥姥不过是没话找话。

妈妈进了屋，叫刚子一起吃饭。随口一问，刚子却爽快答应了。孩子没想到，妈妈也没有想到。妈妈犯难了，迟疑一下，才最终决定，从爸爸碗里，给刚子夹一块肉少骨头多的鸡肉。又迟疑一下，也给孩子夹上一块类似的鸡肉。刚子看着孩子笑了，似乎对自己今生的最后一顿饭菜，感到十分满意。

妈妈比他们先吃完，说有事要出去，让孩子吃完饭，把碗筷收拾洗了。还给他二十元钱，是给爸爸抓药的。孩子说他们有急事，明天再去。妈妈问什么事，刚子就把他爸爸捡到青鱼及他们家吃青鱼的事说出来。说他一早来叫孩子，就是要去捡青鱼的。

“要不了多久的，”妈妈说，“你们抓药回来再去。”

妈妈是笑着说的，眼神和口气里，充满期待和鼓励。两个孩子并未完全听她的话，只是把饭桌移到墙根前，开门就跑了。他们一直沿着村子中间那条带有坡度的七弯八拐的马路往上爬，去到村子顶端，找一个叫罗文的人。罗文是学校的老师，正教他们语文。罗老师还是村里的郎中，没事就抱着《本草纲目》看，算是自学成才。他喜欢给村子里的人看病，收费也很便宜。爸爸生病以来，就去过一次县里的医院。回来的几年里，一直吃罗老师抓的药。妈妈忙，每次都是安排孩子来抓药的。罗老师放学经过他们家，偶尔会进去看看爸爸，看看他以前的老同事。罗老师对爸爸的病了然于心，孩子来了也不多问，抓几副药给他提着，打发他回去。给爸爸抓药，已成了孩子不想接受又难以推辞的使命，就算有刚子陪着，也是不乐意的。孩子心里想，爸爸就算活得比徐奶奶更长久，活到八十岁以上，甚至活到一百岁，难道就能不死？何况他还一直病着，拖累家庭，拖累妈妈和自己。爬到一半，孩子都想中途折回。又想，要是罗老师不在家就好了。罗老师在家，家里坐着一些他俩都不认识的人，罗老师指着孩子和刚子介绍说：

“这两个都是我的学生。”

孩子往口袋里掏，才发现钱已经丢了。他大惊失色，急得眼泪都流出来，他知道这二十块钱对妈妈来说意味着什么。他拉着刚子往外跑，顺着来路狂奔。罗老师在后面喊，让他先把药带回去，孩子没听到。他们来来回回在路上找，二十块钱早已不翼而飞。或许潜意识里，孩子就渴望着这种事情发生，真发生了，又一时难以接受。他坐在廊檐下不停地哭泣，不知道该怎么向妈妈交代，再没心情去鱼塘捡鱼。刚子却有了新的提议，说若能捡到青鱼，拿去镇上卖了，一样能给爸爸抓药的，孩子这才兴奋不已。这也让刚子失去了，一次逃避死亡的机会。

刚子一共有两次机会。第二次是他们经过打谷场时，罗汉正带着三个伙伴玩纸牌游戏。罗汉本名叫张翰，长得高大魁梧，像电视里的一个什么人物，大家才叫他罗汉。他也乐于答应，觉得这是一件无上光荣的事情。地上挖一个小窝，几个人在两米开外，一起往窝里丢纸板，谁的纸板离窝最近，就能把别人的全吃掉。这是一个他们在课间休息时，经常玩的游戏。罗汉觉得人少，不够刺激，邀他俩一起玩。俩人都没有兴趣，罗汉不高兴，带着三个伙伴围住他们。

“我们没带纸板。”刚子说。

“我有，”罗汉从口袋里掏出纸板，一人递给五个，“明天还我。”

不知该是谁倒霉，刚子运气出奇地好，不消一会儿，就把罗汉与伙伴的纸板全赢去。罗汉更不高兴了，要他俩现在就还纸板，继续玩。

"我们有事。"孩子说。

"什么事这么急？"

刚子不说，孩子也不说。

"不玩就别想走。"罗汉堵住去路，把两条腿分开来，"除非从我胯下钻过去。"

不容他们考虑，罗汉抓住刚子衣领，使劲将他往胯下按。刚子不从，又急又恨，脸憋得通红，紧紧抓住罗汉裤带不放。罗汉气急败坏地揍刚子两拳，刚子就放声大哭。罗汉举起拳头，继续揍他，孩子及时跑过去，紧紧抓住罗汉的拳头。罗汉一吆喝，其他三个人过来，死死抱住孩子，连他一起打。孩子赶忙把口袋里赢来的纸板掏出来，丢在地上，还给他们。

"还有他的。"罗汉指示那三个人，让他们掏刚子的口袋。

"全给他们。"孩子说。

刚子把赢来的纸板也丢在地上，拉着孩子，俩人朝着鱼塘方向跑去。孩子问刚子哪里疼，刚子说不疼，刚才还觉得疼，现在又感觉不到了。警察问孩子，刚子额头上的伤痕哪里来的，他想不明白，怀疑是罗汉打的。可当时他很认真看过，刚子的脸白白净净的，什么也没有，连打架的痕迹都没有。那些纸板本来就不是他们的，想想也没失去什么。重新上路后，俩人又高兴起来，孩子甚至都忘记对死亡的恐惧了。头顶上阳光干净而透亮，照在地上白花花的。他们用手搭在额头上，向鱼塘方向眺望，看到空气里有许多纯净透明的小火苗，在逆光里跳动。

鱼塘置身一片玉米地中，又被一片苏丹草高高环绕着，不走进去，根本看不着。看守它的那个老头，听说已经一百岁了。留着大胡子、长头发，形状异常神秘，很少有人看到他的影子。老头白天在山里游逛，晚上才回鱼塘边的披屋睡觉。他们一走近鱼塘，就忙着无所顾忌地找寻。沿着鱼塘的环形堤坝走一圈，什么也没见着。两米多深的水里，太阳晃晃悠悠地跟着他们转圈子。又下到堤坝下的苏丹草里，用手扒着找一圈，累得浑身是汗，也没见着青鱼的影子。

刚子不甘心，在披屋门前找来一把抄网。网兜虽小，捞两三斤重的鱼，没一点问题。网把是根光滑的竹竿，两米多长。刚子提着抄网上了堤坝。他说他跟那个老头的孙子来过鱼塘，见过老头是怎么捞鱼的。最好是大一点那种，捞一条，就可以拿到镇上去卖了。钱若有剩，他们每人吃一碗砂锅羊肉粉。孩子跟在刚子后面，听从着刚子的吩咐。

孩子一直没弄明白，那种被他们叫作青鱼的鱼，长着长长的胡须，有着圆圆的嘴和金黄的身子，应该叫鲤鱼才对。他盲目按照刚子要求，从地里拔来苏丹草，用披屋门前锈迹斑斑的铡刀铡碎。抓着草一把一把往水里撒。很多青鱼从四周游过来，翻着水花，在水里撒欢争食。

“看到没，看到没。”刚子说。

刚子一网抄下去，一条三四斤重的青鱼担在网沿上，身子一弓，又弹回水里。刚子就说：

“就差一点了，就差一点了。”

孩子欢叫着，继续往水里撒苏丹草。青鱼们吸取了教训，不沉底的，也跑得远远的。好一会儿，才有三五条胆大一点的，虎视眈眈看着他们。飞快游过来，吞食一口，又藏入水底。俩人换一个地方撒草，结果也是一样，刚子甚至连鱼的鳞片都没碰着。

“换一个地方，换一个地方一定可以的。”刚子毫不气馁，情绪高涨地说，“刚才就差那么一点了，主要是我的速度不够快。”

刚子就是换地方后出事的。他站在堤坝边一簇青绿的草丛上，微弓着身子，双手紧握着抄网，全神贯注地盯着水里。太阳有点晃眼，刚子的眼睛眯成了两条缝。孩子撒一把草，一群青鱼游过来，刚子就迫不及待抄下去。脚下的力道太沉，泥土瞬间坍塌，刚子的身体跟着那簇草，一起掉到水里。

“我掉水里了……哇……哇……”刚子只来得及喊一声，人就沉了下去，水里冒出许多泡泡来。孩子跑到他落水的地方，刚子又挣扎着浮出水面，双手不停扑腾着。

“救我……救……”刚子说。

跟刚子一起落水的，还有那根长长的抄网。孩子不断大声叫喊着，让刚子把抄网递给他，好拉他出来。刚子几经浮沉才听到，又是一阵胡乱扑腾，才重把抄网抓到手里。他用尽最后一丝力气，向孩子伸过来。孩子也在第一时间里抓到了网兜，往回拉的时候，刚子已因喝水太多，出现轻度缺氧现象，喉头因强烈的痉挛而发出“呕呕”的声音。孩子知道，他再不拉刚子出来，刚子就会死去，成为自己今天见到的第二具尸体。不同的是，徐奶奶死在八十岁的当口，而刚子还不足七岁。

就是这个突如其来却又顺理成章的想法，让刚子一命呜呼的。

他们同一年出生，一起长大，一起上学，一起经历了很多事情，关系好得像一个人。孩子未曾经历，所有对死亡的想象都只是想象。似那些青鱼，溜滑冰冷，怎么也抓不住。如果刚子能替他去亲历死亡，而他活着，把刚子这辈子所要经历的也经历了，他们的人生就会与众不同。看到许多别人看不到的东西，也显得更加的丰富和完美。在自己还未曾想得明白的潜意识左右下，孩子难以自持，似乎胸腔里那团不断膨胀和搅动着的棉花，也彻底消失了。孩子慢慢把抄网往水里送，刚子似乎也同意他的想法，扭动着身子再次沉下去。孩子还抓紧抄网的网兜，使劲杵几下。有那么一下，竹竿似乎就杵在刚子额头上。刚子就不再动弹，安静地待在水里。只在水面上，又留下一片闪着金光的泡泡。随着那些泡泡在微风中逐渐破碎，孩子这才想着去找人，把刚子捞出来。那时，刚子就果真成孩子今天见到的，第二具尸体了。

警察开车送刚子去医院前，告诫过孩子，说等他回来，让孩子带他去鱼塘边看看。这反倒提醒了孩子，他对没在刚子送走之前，好好触摸一下刚子的身体耿耿于怀。孩子已在刚子和徐奶奶身上，闻到那种味道，死亡的空灵决绝的味道。他还想记住那种感觉，记住一个人心脏停止跳动，血液停止流动，身体渐渐冷却，肌肉慢慢硬化并开始腐朽的感觉。刚子死了，自己活着，他将铭刻于心。带着这种死亡降临时的感觉，去体验每一个日出日落。如果这个世界真有天堂的话，到他死去那一天，见着刚子了，他再告诉刚子这是怎么回事。孩子没再理爸爸的唠叨和不满，开门就往外面走。他不想再去磨面房门前，听别人围着贵珍说些什么。

他还要去鱼塘边，只有在那里，他才能找到自己想要的感觉。

再次经过打谷场，罗汉又和另外几个孩子，一起玩纸板游戏。罗汉心里还有气，他在地上使劲踹一脚，一颗石子飞起来，滚到孩子脚边。孩子没理他，躲开那块石子，继续往前走。他心里明白，今后某一天，他还会和罗汉他们一起玩的。刚子死了，自己还活着，还会有新的朋友，说不定就是罗汉。他们会一起长大，一起学会喝酒，做大人才能做的事情。这也是孩子要告诉刚子的，告诉刚子，一个人从七岁就带着死亡的感觉生活，究竟又是怎么回事。

小舅母和苏小米

从北京回家的第二天，遇上十年一遇的大洪水，目之所及，尽是一片泛黄的汪洋。从市里赶来的抢险车，在山路上排成长龙。我们家在一个半坡上，要不然也会被淹了。洪水冲毁道路和桥梁，还冲毁门前坝子里的庄稼。听说，隔壁村子，还冲走两个在水边玩耍的孩子。是两兄妹，才八九岁。哪里也不能去，只好调整行程，提前去看望二十多年没见的小舅母。

小舅母家海拔更高，百年一遇的大洪水，也跟他们家没半点关系。五六公里的路程，我和堂弟驱车，沿着村后弯弯曲曲的山路，一路向上爬升，一个多小时，才赶到。我们住在河谷里，土地肥沃，地势平坦，交通也便利许多。纵然大家都居住在平均海拔两千多米的云贵高原上，相较于居住在大山上的人们，心里的优越感总是满满当当的。所以，我们都把离天更近的地方叫梁山。住在梁山的人们，不只穷，还代表着没有文化，没有见识，一辈子都在山旮旯里刨食，不停折腾自己的身体。小舅母家就在一个叫梅花山的梁山垭口上。半路，我们还停车，在一家路边小店，给小舅母买一盒人参蜂王浆及其他补钙补锌的礼品。包装盒都红艳艳的，看着就喜庆。

堂弟说，这吃了对老人好。

小舅母有三个儿子。大儿子叫金泉，当过骟匠和木匠，手艺极好。走村串乡，讨了几十年的生活。这几年没人请了，才开始出去打工。他说是在浙江的一家化工厂里干活，才去半年，人便吃不消。一开始是觉得气短，喘不上来，仍然坚持干。再后来，开始吐血，一口一个血块。老板送到医院治疗三个月，还没好全，现在是回家来养伤。

我们到小舅母家，见到的第一个亲戚便是金泉大表哥。我问他，老板赔多少钱，他说一分都没有，“能给你把病治好就不错了！”

“这算是工伤吧？还不赔？”

“没有的，”他挥动着手说，“一分都没有的。”

“你可以找人告他啊。”

“告什么告，大家都是这样的，没有人提过赔不赔的事情，人家不是开工资了嘛。”人家，指的是老板。

他似乎并不明白我说的意思。

“你是说还有其他人也得这样的病？”

“村里一起去的好几个都得了。”他看着发愣的我继续说，“就我一个人严重点。他们在当地治好了，又留下来继续干。”

“你也还想去？”

“是啊，”他说，“不去找不到事情干呀。”

正说着话，小舅母从地里回来，一身的露水，鞋底上粘着厚厚一层泥块。她在门前的水泥地上使劲蹭着，弄不干净，又坐下来，用一截干松树枝不停地刮来刮去，一边冷冷地看着我，认不出来。

我走过去叫她，她也想不起来。我只得告诉她我的小名，大表哥在一旁，帮着做了一番解释。还又怔了一下，半晌回神了，她说：“哦，你什么时候来的。”

堂弟去车里，把我们买的礼品拿出来，送到小舅母家里——舅舅去世十几年，跟他生前一样，小舅母还是不习惯跟儿子们住在一起，不管是哪一家，都有她不愿意搬过去一块儿住的缘由。她一个人住在左边的偏房里，一个人生火做饭，一个人种地，养活自己。她的房间，只有几张凳子，一张餐桌和一个碗柜，多年的烟熏火燎，乌漆墨黑的。碗柜很高，有着许多抽屉，不只装碗，还有她日常的食物和各种生活用品。

今年，小舅母七十有五。碗柜后面，就是她晚上睡觉的地方。小舅母还是三十年前，我即将离开家门，去遥远的北方读书时，最后一次见到时的样子：矮，最多一米五；黑，大山的风沙，一粒一粒陷进皮肤里的黑；瘦，就跟她塞进火塘的任何一根枯木一样。她还有一双不适于在农村种地生活的小脚。听说解放前，她裹过小脚，进行到一半，解放了，便没继续裹下去。她的脚不是先天的小，而是人为的畸形。或许是在山里生活得太久太长了，人本身就是从泥土里刨出来的，无所谓生，也无所谓死，所以她无痛无殃地活透了。身体跟石头一样定了型，三十年前是这个样，三十年后，还是这个样，让人根本看不出多大的年纪——进到家里，我又掏出钱，放几百在她手里，她坚持不要。我说这是我的心意，你平时买点盐，买点茶叶什么的，方便一点。她这才拿着。

大表哥杀鸡，表嫂做饭，我们一来，他们便开始忙活。我让小舅母一起吃，她坚持不去，说，我才不吃他家的饭呢。作为土生土长的乡里人，我明白这话里的意思，就跟她不愿意与任何一个儿子住一样。许多事情，意思能懂，却是无法说清楚的。

吃饭时，我们简单商议一下，问大表哥的身体如何。要没多大问题，让他饭后，带我们去附近山上的一个天坑看看。那天坑，平地下陷一百多米。坑底平坦，开满鲜花；坑壁内凹，布满溶洞，形态各异的钟乳石，反映着各个方向的光影，闪现着让人迷幻的色彩。洞内滴水成雨，渴了，伸手捧着，就可以喝，十分甘甜。上小学那阵子，我几乎每周都要下去一次，不是这个表哥，就是那个表弟带我下去，挖一种至今说不出名儿的药材，给我长年卧病在床的父亲吃。大表哥酗酒，一喝开，没止住瘾，就不下桌子。用他的话说，“日他的蛮娘，没有什么都可以，就是不能没有酒”。我和堂弟先吃完，来到屋外，跟大表哥的几个小孩闹着玩，我们带来的几盒饼干，一下便被他们吃光了，问我车里还有没有。大表哥在屋里听到了，扯着嗓子骂道：

“日你蛮娘的些，饭还没饼干好吃吗？”半晌没音，估计在喝酒，果然，屋子里又传出一句，“吃，吃死你们。”

小孩们听了，都笑。我把手指竖在嘴边，示意他们别着声，又让堂弟开了车后厢，把预备给别人家的饼干，又拿出一盒。孩子们高兴得跳起来。这群孩子中的一个女孩，长着白白净净的鹅蛋脸，脸上一边一个小酒窝，看起来十一二岁。她容易害羞，看人也遮遮掩掩的，你一看她，她就往别人身后躲。她不是大表哥家的。我第一次见她，却能一口说出她母亲的名字。堂弟看一眼后，心里也明白了，会意地对我笑笑。小女孩十分吃惊，说：

“你怎么知道？”

“我怎么知道？”我说，“我跟你妈一起长大的。”

待会儿大表哥要带我们去玩的那个天坑，小时候，我、堂弟、小女孩的母亲及其他一些玩伴，不知进进出出，爬了多少回。上小学那阵子，父亲卧病在家，每天都要吃中药，其中一味，就得来小舅母家这一带的山上挖。父亲一病好多年，这个任务，一开始是安排给哥哥的，他初中毕业，外出打工去了，便摊派到我身上来。一到周末，我就会带上堂弟，走十余里的山路，来舅舅家，让他们家随便一个人，带我们去山上挖草药。

我就是那时，认识小女孩母亲的。她家的砖瓦房跟舅舅家隔着一块红萝卜地，掩映在几棵高大的核桃树下。我们两人的母亲小时候也都是玩伴，且两家多少还有点亲戚关系，相互熟悉是自然而然的事情。说起来，我们打小就开始一起玩了。只是上了小学后，几年没见，再见到她时，大家也都由穿开裆裤的孩子变成了小大人。印象中，她一天学都没上过，父母都要在附近的火车站当搬运工，她与大她一岁的哥哥，在家照顾弟弟妹妹，还要喂猪，做一些简单的农活。

每次我来舅舅家，她都跟我们一起上山去玩，我们挖中药，她挖猪菜。我时不时带上堂弟，她时不时会带一个叫小翠的女孩。对了，小女孩母亲叫小米，姓苏。做完该做的事情，我们就开始满山疯跑，摘各种野果，李子、桃子、核桃、葡萄、杨梅、榛子、松果，在我们那儿的山上，似乎应有尽有，更别说八角、花椒等调料。若吃不到果子，我们还会偷别人家地里种的玉米、土豆烧着吃。总之，出门一天，回来肚子都是饱饱的。吃饱了，就在山上过家家，一个当爹，一个当妈，做大家都会玩的游戏。再后来，随着年岁渐长，慢慢就有了羞怯之心。尤其是在学校里，弄明白孩子们要嘲笑某一个人，扯着嗓子喊，谁是谁的老公，谁又是谁的媳妇是怎么回事后，我们就不玩过家家了。但还是会在一起玩，我和堂弟一到周末，不要大人交代，放下书包，便往舅舅家跑。一想到有那么一个女孩，她跟你无话不谈，跟你亲密无间，做起游戏来，还对你百依百顺，怎么叫人不激动呢。

我找小米，堂弟找小翠，我们牵着手，翻过了一山，又是一山。她们帮我挖药材。然后，我们又帮她们挖猪菜。白天交缠在一起，晚上，又都不愿分开。猫在舅舅屋后的一个小山洞里，烧着篝火，继续唱歌，玩游戏。偶尔，嫩嫩的身体又下意识地碰在一起。我们玩得过于开心，弄出来的声响也挺大，舅舅和舅母半夜醒来，会迷迷糊糊地喊一句："是哪家的短命鬼，老子出来一窝心脚踢死你。"于是，我们就牵着手，往更深的大山里跑。

日子就这样一天天地过去，用文艺一点的话说，那就叫两小无猜了。男孩与女孩间，等相互要去猜测彼此心事了，距离要么越来越近，要么越来越远。我和小米，堂弟和小翠之间，都是属于后者。我们两人要上学，先是在家门前读小学，随后去到十里开外的镇上读中学。而她们，一天学都没上过，再大一点，就得跟着父母去火车站当搬运工。她们当年所做的事情，又移交给被她们照顾长大的弟弟妹妹。在这种情况下，我和堂弟去舅舅家的次数越来越少，去了，能相互见面的机会也越来越少。等我们上到初中，再无时间且父亲也无须再吃那种草药之后，有两三年的时间，几乎是没见过面的。

舅舅家所在村子，还有我两个姨妈家，亲戚比较多。这些亲戚中的某一个，来我们家时，偶然间，就会谈到小米的事情。听到之后，心里会一抽一抽的。心里想，她应该长大了，她应该有人来说媒了，她说不定都跟某一个人开始谈婚论嫁了。在我们老家，二十世纪八九十年代，年轻男女结婚的岁数还是挺小的（似乎现在也这样）。我还曾想象过，像她这样一个美丽善良的女孩，得有一个什么样的男子，才有幸陪伴在她身边，与她美满幸福地过完一生。至于她是怎么想的，我却未曾预料过。只把过往那一切美好的东西，深深地埋藏在心底。

我们之间，又有了比较亲密的交集，也就是随之到来的，我初中毕业那一年的事情。经此，这才意识到，她的心，竟也是那么的深邃和纯粹。那时，我中考完毕，正好赶上家里抢收麦子，请了许多村里人及远方的亲戚帮忙，其中一个，就是小米。她真的长大了，穿着白底碎花的的确良花衬衫，胸脯那儿鼓鼓的。但我不敢往那儿看，也不敢看她的眼睛。只会在她背对着我，或专注于与别人说话时，偷偷看一眼她的脸。她的脸不如以前白，还有点点的雀斑，但比以前精致许多。她把粗黑的麻花辫往后不经意一甩时，我就觉得，心都跟她的发梢一样，飘了起来。

尽管这样，从早忙到晚，我们几乎没说上话，不是她躲着我，就是我躲着她，不是不想说，是不知道该说什么才好。时间只过去几年，但许多东西都已经变得十分陌生，不敢碰触。到了夕阳西下，快要收工时，我看到姨妈家的表姐，故意往她的背篓里，多放好几捆麦子。小米朝她喊，说你放那么多，我怎么背得动。表姐说，你背不动，不会自己找人帮忙。我刚开始还笑他们这种无聊的游戏，四下一看，麦地里其实只剩下表姐我们三人，心里立即慌乱起来。表姐说完，背上自己的背篓走了，拿眼神偷偷地瞄我，皮肉里，全是坏笑。我背上背篓，也想跟着表姐走。没几步，回头看，小米蹲下身子，连试好几次都站不起来，脸红得像两块小炭火一样，又急，又恼，似乎要哭。只得回身放下背篓去帮她。我把表姐多加给她那几捆麦子拿到我背篓里，帮她平地背起背篓后，再去背自己的。小米没一个人自己走，她在齐腰高的田埂上歇气看着我。等我走近，又才背上背篓，一前一后同我往家走去。这时候再不说点什么，时间就太难熬了。我只得开口，问她关于小翠的事情。我听表姐们说，她都已经结婚了。她才十六岁，十六岁结婚，并不是什么大不了的事情，我们班就有好几个女生，中途退学，回家结婚了。我问她，小翠嫁到哪儿去了。

“二区。”她说。

“离县城很近哦，”我说，“找了个好地方。”

“是的，”她说，“要不然她哪里会这么火急火燎地把自己嫁出去。”

“你说她急？”我问道，“你自己就不急？”话一出口，我就后悔不已。不用看，我也知道小米该是如何的慌乱。话也说不顺溜了，迟疑半晌，才回话，口气幽幽的，一路低下去：

“谁——谁——说我急了？”

“我瞎说的，”我改口问她，“累了我们就休息一下吧？”

“好。”她在身后说。

我们在路边的田埂上放下背篓，用手扶住，活动一下酸痛的身子，又背上继续往前走。这回是小米先开口说话。问：

“别人都还在上学，你怎么不去？”

“我们考完试了，中考，”我说，“初中读完了。”

“读完了？那你以后要干什么？”

“继续读书，去县里上高中。”

“高中是几年？”

“三年。”

“读完高中呢？”

“争取上大学，读这么多，为的就是上大学了。”

“大学又是几年？还是在县里读？”

“四年五年都有可能，不是在县里，考在哪里是哪里。全国都有可能。”

“读完大学呢？”

“在城里找工作嘛，读这么多，为的就是这个。”

“不回来了？”

“回来干什么？读这么多，就是为了有一天回家来啊？”

小米在身后没有音息，回头看，她不打招呼就一个人找地方休息了，头低着。我想等她，可离家已经很近，提前到达的表姐表哥们都看着我们。只得硬着头皮，一口气把麦子背回家里。又拿上毛巾，去到门前的小溪边，找一个有树荫遮蔽的地方，脱下上衣，擦拭干净身子。回到家里，与大家一起吃饭时，听说小米已经走了。她放下背篓，没跟任何人打招呼，一个人走山路回家去了。表姐看着我，白了一眼，说：

“都怪你，把人都气走了。”

表姐这话，让我觉得，似乎犯了个什么错，十几年过去了，一想起苏小米，心里都怪怪的。舅舅、姨妈家里来了什么人，不会故意问，只细心听他们说什么，看会不会有关于苏小米的事情。渐渐也就知道，她结婚了，她生孩子了，她，她，她……随着我自己离家越来越远，时间越来越长，再后来，也就什么都不知道了。这次来看小舅母前，也都没往这方面想过，要不是看到她家的孩子，我差不多都快要忘记，这个叫梅花山的村子里，还有着这么一个人。且，等我们从天坑玩回来，她，苏小米，已经坐在小舅母的火塘边，三个人一起烤土豆吃呢。

三个人，指的是小舅母、苏小米和小舅母的二儿子，我的二表哥。二表哥是一个让人无法去定位的人。顺带说一句，小舅母还有一个儿子，现在已搬到城里去住了，打些零工，顺便让孩子接受好一点的教育。小舅母还有三个女儿，都是嫁在邻近的一个叫候场的小镇上。她们中，最小的也比我大七八岁，大表姐和二表姐，在我还不怎么记事时就出嫁了，我与三表姐打交道多一点，但自她出嫁后，我们就再没见过面。她们的故事，我知道的，仅此而已。

话说回来。我走进小舅母家，是想跟她招呼一声，我们得回去了，猛不防，一个中年妇女站起来，看着我笑眯眯的。她手里，正好拿着一个刚剥去皮的紫色土豆，她似乎是下意识地把手向我伸过来，问我要不要吃。我看着她，一如当初小舅母看着我的神情那样茫然。她穿着一件宽大的灰色毛衣，毛衣上布满小球球，下围将几经生产隆起后，就再没消退下去的小腹笼罩住，看起来似乎就更大更圆了。我从她的面部匆匆瞟过，看不到曾经白皙粉嫩的脸和灵巧生动的眼睛，只是一团揉皱了的傻笑。

“认不得我了？”她还是笑眯眯的。

“认得，”我的思绪在过去与现在之间，来回穿梭几千遍，“我刚才还给你女儿说，我们是一起长大的呢。”

“她回家喊我，说有一个外地人说认识我，让我来看看是谁。”

“我都成外地人了？”

“你一出门就二三十年，不是外地人是什么？”

“你说的也是，”我说，“现在回家，就跟来旅游一样。”

“游走我家去坐坐嘛，没什么急事吧？”

“不去了，”我说，“还真有点事情要去县里一趟。”

“天都要黑了，你骗鬼还差不多。”

我噗嗤一下笑出声，不知该怎么回她才好。

“核桃熟了，走嘛，”她继续邀请，“去采几个带回家去吃。”

堂弟听说有新鲜核桃吃，人就雀跃起来，跟着苏小米的女儿及大表哥的几个孩子，一路欢呼着，跑过小舅母家门前那块菜地。苏小米嫁给了她的邻居，娘家，婆家，一墙之隔。

“走，我跟你一起去。”

大表哥说话了，还伸手拉我一把。我们俩跟在苏小米身后，不一会儿就来到她家门前。这时候，堂弟和苏小米的女儿，都已爬到核桃树上，不停往地上丢表皮裂了口的核桃。苏小米的男人也在家，我们来到后，他抱着一根水烟筒，呼呼地吸着，从家里走出来，招呼我们进屋去坐。大表哥回他说不坐了，让他泡两杯茶来喝。他把水烟筒靠墙放下，又转身走回家里，先拿出来几把松木椅子，给我们每人递上一把，又回身进去一阵忙活。我的眼神，追随着他的身子一起进到屋里，看到了与小舅母家里大同小异的场景，不过他们家，比小舅母家里，多了一台不知什么牌子的电视机，画面放着《西游记》。几十年了，孙悟空还是那么噌地一下，飞出了十万八千里。最后，又把目光专注在他身上，发现他身板十分厚实，个头在一米八以上，但走路轻飘飘的，没半点声音。头发老长，又粗又硬，呈锈黄色，一根一根，铁丝一样。一边走，一边佝偻着身子咳嗽，喉管里丝丝拉拉的，半天吐不出一口痰，干咳。我都有些担心他会把手里的茶水，全弄洒了。出门把茶水递给我们后，他又抱过水烟筒，继续呼噜呼噜猛吸一口气。苏小米不见了人影，一会儿，又从屋后转出来，手里提溜着一只肥硕的大母鸡，说要留我们在她家里吃晚饭。我给大表哥使了个眼神，他赶忙去制止她，不让她把鸡杀了。

“饭就不吃了，”我说，“你也别操这个心，坐下来说说话还差不多。”

“你把东西收拾好了没有？”大表哥接口问她。

“要收什么东西？”她反问，“几件破衣服，随便拿个口袋一装不就得了。”

“收东西做什么？”我有些不明就里。

“我跟金泉哥出门打工去，”她说，“我还没出过远门呢。”

“去浙江？”我问。

“嗯！”大表哥点了一下头。

山路湿滑，十分难走，我和堂弟得在天黑之前开车回到家里。又坐了一气，我赶忙把堂弟从树上唤下来，喝尽杯中茶水，辞别苏小米一家，回到小舅母家里。我邀小舅母来我们家陪陪我的母亲，也让她自己好好休息一阵。她死活不肯，丢不下的，还是她那几分薄地和地里的东西。我和堂弟又一起邀金泉大表哥，推说我们开车不能喝酒，让他陪我们回去，好好喝上一场。还诱惑他，说我从北京带了好酒来，不喝就可惜了。他一听，眼睛立即就亮了。车开到一半，我想起来，这次本是要好好给小舅母拍几张照片的，我怕下次再来，就没机会了。被苏小米一打岔，就把这事给忘了。我们由此又说到了苏小米，我问他，为什么不是她男人跟他去浙江打工。大表哥说：

“他就是个病痨，肺结核，你看不出来？也不过是一两年的样子。”

这话，让我心里，突然沉重起来。

冷月

“嘎，嘎。”

“嘎，嘎。”

少年用右手食指抵住喉管，发出几声变调的喊叫。他尽量装得像，让声音没有回音，接近传说中的鬼叫。喊了几声，少年怕了，以为这些响动，反让他变成了黑暗中，所有邪恶力量关注的焦点。他钻到河道边一个麦秸垛里，留半个脑袋在外，向四周仓皇张望。温暖之外，还有一种被包裹、被保护的感觉。宁静的小河，在月光下哗哗流淌。微风中，玉米叶相互摩擦的沙沙声，也让他放心许多。

小河对面，行走在公路上的那个人，步伐有些凌乱，不知是不是怕了，手电的光线，不时扫向河对岸。滚滚的河水中，铺陈出一道道笔直暗沉的光斑。

“梁涛，梁涛。”她嘶喊着。声音沙哑，震颤。随后又自问自答地说：

“你跑到那边去干什么？”

少年就是梁涛，他继续观察，直到桥头的汽车修理铺，遮挡住她的身影，才钻出麦秸垛，继续在玉米地里穿行。每天凌晨五点，梁涛起床上学，学校在十里之外的镇上。中学一年半来，每天都是母亲陪送。父亲身患重疾，整天躺在火塘边的长条椅上，抽着旱烟，不停吐痰。姐姐几年前嫁人了，日子过得十分艰难。哥哥初中没读完，辍学跟人做生意，天天在外面跑。还有个二姐，上完小学就不读了，在家帮忙，照顾父亲。她比梁涛大一岁，干不了重活，还胆小，怕黑。能陪送的，只有母亲。这一天，确切点说，是昨晚看到母亲眼窝里残留的泪水后，梁涛决定，从此就不再要母亲送了。他要一个人，在凌晨，走完十多里的路程。

天落黑前，二姐才把母亲接回来。还没看到母亲，梁涛就知道，自己的愿望落空了。其实三天前，他就知道，自己是空欢喜一场。那天一早，母亲背了一箩筐茶叶，到邻镇乡场去卖。她答应梁涛，卖完茶叶，添点钱，就给他买一辆自行车，永久牌的。梁涛等来的，却是她在乡场上，跟人大吵大闹的消息。讨价还价，为五分钱的事情急火攻心，一口气上不来，当场气晕过去，被紧急送到镇上的医院。茶叶没卖出去，身上带着那点钱，还不够看病。二姐找几个亲戚，借钱交了欠费，医院才让母亲出院。

母亲脸色青灰青灰的，进门时，嘴里发出咝咝声，身子不停颤抖。她五十多岁，没日没夜的劳作，让她变得单薄、孱弱，骨架子都松了。日渐花白的头发，晃眼看着，比实际年龄更老。梁涛用慌乱的眼神看她一眼，不知说什么才好。住院三天，医生只保了她的命，治不愈她的风湿性心脏病。烤火时，她大口而急促地呼吸着，似乎不这样，空气根本进不了身体。她喝几口白开水，说饿了，又等不到二姐做好晚饭，便回房睡下了。

梁涛有些内疚。每天早上，他一个人上学。顺着公路走一程，在水泵房处，岔上铁道，又走更远的一程。步子再快，赶到学校，都要一个小时。村里在镇上读书的，二十几人。他们都有自行车，天亮出门，十几分钟赶到。为骑自行车，梁涛一再磨缠着母亲。当他站在火电厂边的高架桥上，见到村里的其他学生，勾着背，撅着屁股，嗷嗷叫着，骑着自行车呼啸而来；又相互追逐着，从桥下鱼贯而过时，心里的感触，可想而知。

母亲答应了，却没什么钱。好几年来，她和村里的许多人，一直在山上的炼锌厂做勤杂工。大家争着，抢着，卸生煤、锌矿和炼锌用的炉罐。得闲了，几个人一起配合，背锌厂丢弃的炉渣到小溪里淘洗，筛选出细小的锌粒，积存起来，卖给收锌的外地人。做的都是身体难以承受的体力活。尤其冬天，血管因寒冷而收缩，血液流量的减少引发的心绞痛，会让她倒在锌厂的炉渣上，大声呻吟。每天劳作换来的二三十元工钱，转手又换成一袋袋药物，吃进父亲的嘴里。好不容易要凑齐了，又突发这么一着。如此看来，自己就算读到初中毕业，自行车也是骑不上了。何况，天天让母亲陪送，什么时候才到头。她太累了，需要休息。自他上初中以来，母亲就没睡过一个囫囵觉。

半小时后，梁涛去喊母亲吃饭。母亲睡着了，她身材短小，还瘦，扭曲着，躺在被子里，奇怪的样子让人以为，她是要把自己的骨架子拧紧，病就好了。他打开灯，轻声唤几声，母亲没一点反应。本想轻拍她的肩头，叫她起来，手刚抬起，又急忙收回。他看到了母亲眼里的泪水，浅浅地洇在眼角。应该是睡着之前，偷偷哭过，为她自己，为她的家庭。梁涛的心咯噔一下，生疼起来。

相比填饱肚子，他觉得母亲需要的，是休养生息。梁涛轻轻退出来，抽身瞬间，他就决定，今后再也不能让母亲送了，这也是他分担家庭重担的一种方式。

火塘与父母卧室，隔着薄薄一层木板。梁涛凌晨五点起床，悄无声息地洗脸，尽量不弄出什么声响。中午的时间，不够跑一个来回，他在书包里，多装了几个土豆。几乎每一天，都是这样。上午放学，一个人到学校后面的茶山上，燃一堆柴火，烧熟来吃，觉得渴了，喝上几口清甜的山泉水，一天也就对付过去了。茶山上人迹稀少，吃饱肚子后，梁涛会找僻静一点的地方躺下来，大声背诵英语单词和文言文。随后回到教室，于下午开课前这段时间里，坐倒数第二排座位上，静静看着前面发呆。

这个时间段，教室里除了他，还会有一个女同学，家住在冶炼厂方向，也是个走读生。有着清秀白净的脸庞，浅含笑意的大眼睛，飘逸柔顺的长发。梁涛对她十分倾慕，这是他心底的秘密，任何人都不知道。女同学坐前排，中午没地方去，就在教室看书学习。瘦小的身子趴在课桌上，几乎一动不动。梁涛手里也拿着书，心思全在女同学身上，有时干脆丢开书，呆呆地看着她，心生痴念和惆怅。对于梁涛，这几乎是他每一天里，最感温情也最值得怀念的时光。相比起来，不能吃饱吃好，又算得了什么。

轻轻开门出去，梁涛立即环抱着双肩，脖子也缩到领子里。抬头看，村后的山峰，变成一个巨大的暗影，支撑着繁星闪烁的天幕。清亮的月辉，也因残冬的寒气而变得冷硬、光滑和富有质地。得等他走到学校，寒风才会在天际，吹出几丝青光。这是新的一天，也是特别的一天。面对考验，梁涛觉得，自己是一定能挺过去的。他要跟自己的恐惧心理做斗争，只要一次机会，证明自己真能做到，母亲应该就不会坚持送他了。

像要提起千斤的重担，梁涛深吸几口气，迈步走下屋前的缓坡，进入高大茂密的攀枝林里。突然的闯入，惊醒树上的鸟儿，拍打着翅膀，在枝丫间扑腾起来。觉得没什么实质性威胁，才又返回巢穴，继续睡觉。脱鞋过小溪时，梁涛心想，十余里的行程，如果自己一路走过，都不会惊醒什么，不对暗夜的秩序形成干扰，那么，他也就不会遭遇邪恶和那些不干净的东西了。

月亮不时隐到絮乱的乌云里，让他看不清脚下的路。为避免失足滑入积水的稻田，顺着田埂往河边走时，梁涛一直没穿鞋子。寒气像一些冷硬又尖锐的细小物质，从足底透进来，顺着气血在流动，归结到心脏，形成一个硬块后，再消散开，流传到全身的每一个部位。他哆嗦着，暂时忘却了身处的环境和对黑暗的恐惧。又走了一程，才发觉有些不太对劲。每走一步，书包就在屁股上有节奏地啪嗒一下，比平时更为有力。力道不是来自书包本身的重量，是暗夜里，一只无形的手，随着书包的颠动，一下一下拍打他的屁股。这只手犹豫不决地，在无形与有形间不停变换，甚至想尝试，扳过他的肩头，让他转过身去面对什么。梁涛所有的毛孔都炸开来，打了一个激灵，感觉自己的魂魄，倏然从那些小孔里，飞了出去。

他想拔腿飞奔，田埂蜿蜒曲折，过于窄小，跑不起来。情急之中，梁涛想起奶奶摆龙门阵时常说的话：如果身上带有钥匙，你就使劲摇晃，让它发出声响，一切不干净的东西就会远离你了。身上没钥匙，梁涛在书包和几个口袋里翻找，连一点带有铁质的替代品都没有。找到的，是一个气体打火机，是他中午生火烧土豆时用的。奶奶说过，火光的作用更大，人间烟火的力量，会在人身体周围，筑起一道坚硬的隔墙，替人抵挡住所有的邪恶。

像是为了呼应他，梁涛打燃火机的同时，一道手电的光亮，在村头的红泥路上，向他这个方向探照几下，给他带来温暖，带来信心，也传递给他继续往前行走的勇气。在此之前，梁涛觉得夜色是那么浓稠、暗沉，声音都无法穿过，完全是一片死寂。火光和手电的光亮，使一切变了样，他又能听到身旁溪水流淌的哗哗声，田埂里虫子的唧唧声，还有露珠顺着水稻的叶脉，向下滑动的嗤嗤声。他心里敞亮起来，径直走到村头河滩边坐下，洗净脚板，重新把鞋穿上。调整好心情，继续上路。

梁涛要穿过一片宽阔浩荡的玉米地。玉米秆比他个头还高，叶脉间浮动着一股湿润又清甜的气息。稀薄的月光透不进来，他几乎无法看清路径，完全凭着记忆，辨识出一个大致的方向往前闯。麦子收割后——玉米是麦子行将收割前套种下的——月色清亮的夜晚，他与村里的同伴们，常跑到麦田里的空地上玩，对麦田的地理状况，较为熟悉。回想着同伙伴们在麦秸垛间玩过家家、打仗等游戏的情景，梁涛觉得，他们奔跑时留下的气息，还在玉米地里盈动，那些欢叫声也还在耳畔回荡。这让他的心里有所依托，加之不时打燃火机壮胆，似乎也不那么害怕，闷着头一味向前直冲。

来到玉米地深处那个坟场边时，火机没气了，怎么也打不燃。刚才被火光不断驱离的黑夜，一下又回压到梁涛身上。他的身子突感沉重，走路都有些迈不开腿了。他告诫自己，不能回去，不能打退堂鼓，那样会迟到，赶不上早自习，还会使一切前功尽弃。似乎每向前迈出一步，都是跟内心做艰巨斗争的结果。每一步的重大胜利，却也将他朝危险推进一步。

“哇……哇……”

“哇……哇……”

坟场里不断有叫声传出，像婴儿的哭号，也是最接近鬼叫的声音。梁涛还能分辨出来，这是坟场里过夜的猫头鹰在叫唤。此时此刻，他不能停止大脑里那些无尽的联想，觉得猫头鹰的叫声中，也不时夹杂着一两声鬼叫。不干净的东西聚集在坟场周围，越来越多的人影，行动飘忽，面目狰狞，呲着獠牙，还拖着长长的舌头。还都是村里这些年逝去的人，老的少的，一个个伸长了手，等着他走近。要将他分扯，撕碎，带入一个个阴森的墓穴。

梁涛头皮发麻，停下来，立在玉米林中，迟疑着，想要拔腿往回跑，却更害怕面对失败所带来的结果。初中还有一年半，说不定将来还会上高中，母亲就得没完没了送下去。她嘴里那口游丝一样的气息，怕也要遗失在送他上学的路上。再说，他已经受够了母亲的唠叨和抱怨，一刻也不想再继续听下去。

每一天，出了村子，走上公路，不用担心脚下会踩踏到泥坑、猪屎什么的，母亲就开始说上了。告诉她的孩子，她有多累。她说，五点钟，就要陪你一起起床。给你做吃的，送你上学，一直送到余家湾子，再从那儿直接去后山找事做。到了中午，我也是烧土豆吃，喝溪水，有时还忙得吃不上，胃都出问题了，一阵一阵地疼。这些都算不得什么，主要是活儿太累，让我吃不消，我都不想干了。挣下的那几个钱，还不够你父亲买药吃。有时我也想，干脆别给他买药，让他死了算了。都是怕你们这些孩子可怜，小小年纪就没了父亲，怎么能不可怜呢。其实我自己，也想死的。按说，我心脏不好，得随时备药在身上，以防万一。我不想买，有什么意思呢，受这样的罪，活着还不如死了好。说不定，我还会死在你父亲的前头呢。

母亲会一个一个跟他分析。说，我跟你父亲，这辈子没读过什么书，身子又不好，半截身子埋到土里了。不能够为你们创造好一点的条件，像其他人家一样，让你们过好一点。想起这些，也让我觉得活着没意思，没盼头。你姐姐，嫁出去就是人家的人了，一年难得回来看我们一次。她活得也不容易，这么多年，也不能给人家添一个小子，在人家家里，头都抬不起来，哪还顾得上我们。你哥虽然说是做生意，买卖茶叶，风里来雨里去，十天半月不回家，图年轻人的逍遥快活。他没赚到什么钱，也就够他自己吃几口好饭，喝一口好汤。二十好几的人了，连个媳妇都说不上，看他还能快活几年。你二姐呢，傻乎乎的，就是个小学生，跟你姐一样，也是指望不上的。过两年找个人嫁了，这辈子也就是这样了。

似乎只有他，是这个家庭唯一的亮色。母亲说，你好学，肯上进，只要你愿意读，读到哪里，家里都愿意供你。我累死累活图的什么，还不是想让你读得起书，以后有一个好的前程。我们村里出好几个大学生了，你看人家，都在政府做事。你不要怕辛苦，你是学生，读书是个死任务，你也只有这么个出路。你要读个大学出来，能走上人家那样的路，我们这个家，也算是有了出头的时候。

她说啊说的，送一天说一回，变着花样，又万变不离其宗。似乎说得多了，他才能记住，才会下死劲去读书。他只一味地听，很少搭话。梁涛知道，母亲那么累，那么辛苦，都是为了他，他只有好好学习，才能让她满意。听她一天一天地唠叨，抱怨，也是其中一部分，是他必须为她做的事情。最多趁她说起劲头来，才会抽冷子说，要是有部自行车，你就不用这么辛苦了。在梁涛看来，这也是母亲需要为他做，而又一直没做到的事情。他都心生怨气了，只是没有表达出来。说了又有什么用呢，只会增加母亲的负担，增加家庭的负担。唯一折中的办法，是他得在自身的成长中，获得勇气和力量，去走完需要母亲陪护的那一段夜路。

梁涛没有抽身往回跑，想到这些，呆立在玉米地中，想办法催眠自己。月亮又跑到黑云身后，玉米地里伸手不见五指，连他自己也都成了黑夜的一部分，整个人消隐不见了。天幕下的夜色，往他身上层层堆积，从各个方向包裹他，越来越厚，越来越厚，厚到任何东西都难以穿透，难以发现他的存在。他是夜色的一部分，四合在大地上，凭着意念，也能安然无恙地在瞬间，抵达这个世界的任何角落。不管有没有路，梁涛只认准一个方向，在玉米地里拔腿狂奔。倒伏的玉米秆和其他农作物的藤蔓，绊他好几个跟斗，也不觉得疼，顾不得疼，就知道跑，不停息地跑，直到眼前豁然开朗，又能听到二塘河哗哗的流淌声，才停下来。

磷肥厂泵房对面，河道宽阔，河水较浅，适合过河。从这里，有一条水泥路岔到铁路上，可省下不少的路程。每次母亲送他，都是这么走的。梁涛没打算过河，不管走公路还是铁路，泵房都是必经之路。他今晚选择穿越麦田里的玉米林，为的就是要避开这个地方。在他看来，这个地方弥漫着一股死亡的气息。

昨天中午，一条大黄狗趴在后墙根的阴影里，啃一块大骨头。骨头里流出许多浓稠的黑色液体，散发出阵阵恶臭。管泵房的工人提着一根棍子去驱赶。走近了看，脸上赫然变色。原来，大黄狗正在啃的，是一个人的头骨。以为出了什么命案，立即慌忙报警。大群的警察赶来，封锁现场，全力排查，最后确认，那是一个夭折的孩子的头骨。死了没几天，家人用几块薄木板做成小棺材装殓，埋在磷肥厂后面的山林里。土层太浅，附近的野狗循着气味刨出来，吃得只剩个骨架子。晚一点赶去的狗，什么也吃不上，光啃骨头。工人早吓得魂不附体了，也管不得这些，在警察赶来之前，眼巴巴看着狗，叼着那个头骨，跑得没影儿了。

太多人的描述，让梁涛得到这样一个印象：夜幕掩盖下，一个只剩下个骨架子的小孩儿，到处在找他的头骨，好有个全尸，重新入土为安。想想这样的场景，别说晚上，就是白天，只要有其他路径选择，他都会远远避开泵房那段路的。母亲知道这件事，她一整天都在山上忙活，晚上八九点回来，也加入议论中去。她说：

“菩萨，吓死人了。”

现在，她似乎完全忘记这事了，或是想着自己的孩子就在小河对面，也就顾不上怕了。她以为他会从水泵房处过河，像以往一样，从这个地方换走铁路，于是早早赶到那儿等他。像他还未穿过玉米地前那样，站在路边，不停地用手电筒探照小河对岸，用疲惫的声音呼唤他的名字：

“梁涛……”

“梁涛……”

梁涛没有发出“嘎嘎”的鬼叫声，继续吓唬她。心想她听不见回应，会认为自己早已过河上铁路走了，就从这里折返，上山去干活。他沿着河往上走一程，选择另一个水深许多的口子过河。错开泵房边这条岔道，而又不会多走远路，以致上学迟到。他过河后，就得穿过新合村，马不停蹄赶到余家湾子，从另一条岔道上铁路。对他来说，这几乎没任何问题，只要穿过村子时，小心别被狗抽冷子，咬上一口。

其实过河后，梁涛也可以顺着公路走，远近差不多，说不定还能扒路过的汽车带一程，提前赶到学校呢，但他坚持走铁路。他每天的温情时刻，其实是从这一刻开始的。那个他每天中午都要看着她的背影浮想联翩的女同学，家在冶炼厂那边。每天都会由她父亲护送到这儿来，上了铁路桥后，继续往前走一程，一直走到火车站扳道房边，见得着值班的扳道工了，才放心地回去。母亲的想法跟女同学的父亲一样，也是坚持要把他送到扳道房边，但他没同意。一走到铁路桥上，就停下来，逼迫母亲赶快回去。

母亲一走，梁涛就在铁路桥上坐下来，隐在夜色中。不发出一点声响，静静地看着冶炼厂的方向。蛙声、虫鸣、月光如水，就连寒风，这时候都变得柔和许多，从河谷那边吹过来，带着河流的气息，轻轻抚慰着他年轻的脸庞。确保自己不会迟到的情况下，他要一直等，等那个女同学的父亲，打着手电，沿着一条田边小道，把她一直送到铁路桥上。一看到远处闪出手电的亮光，他的心就突突地跳，血也往脑门上冲，有一种想要跑下去迎接他们的冲动。他不敢这样做，他甚至都不会让他们看到他。他会往后退几百米，让女同学的父亲把她往前送一程，再放快脚步跟上去。他一直保持百十米的距离，跟着女同学，一直走到学校。

突如其来的，每次和女同学的父亲打照面，梁涛都紧张得不敢看他。他抽着烟，迈开大步从身边走过时，梁涛都会没来由地想起自己的母亲，想起她的无知、愚昧，还有她身上发出的臭味——干活穿的衣服十天半月不洗一次——这让他讨厌，让他难以忍受。或许就是因为这一点，每次母亲把他送到这儿，梁涛都要停下来，让她必须从这儿返身回去。他不想让母亲发现他的小秘密，知道等她一走，他就会坐在铁轨上，等着他的女同学。他甚至都不想让女同学的父亲看到母亲，这里面，隐含着许多他还无法理解，也不愿意去面对的现实。

或许是想看他一眼，知道他安然无恙才放心吧，母亲又一次赶到了他的前面，早早来到余家湾子铁路桥上，坐在岔路口边的铁轨上等着。看到母亲，梁涛就在铁路桥下站住了，不知该怎么办。他不想让母亲看到他，只差最后一步了，他今天所有的努力都是为了向自己证明，他是有勇气一个人走完身后那段里程的。今天一放学，他就可以告诉全家人，他以后再也不用母亲陪送了。

要是让母亲看到，还得听她啰唆几句，那他所有的骄傲都将不复存在。他又不愿去走公路，他还得上桥去等女同学呢。母亲坐在那儿，堵了他的路，也堵了女同学的路，这也是他所不愿看到的。梁涛着急得手足无措，情急中想出一个办法来，心想，吓吓母亲，或许她自己就走开了。也不管这办法灵不灵，他找来一根湿漉漉的绳子，拴在一棵跟桥面齐头的攀枝树上。牵着绳子的另一端，轻轻潜入与攀枝树有一段距离的玉米地中。站着使劲拉几下绳子，攀枝树的枝叶摇晃起来，发出沙沙的声音，枝头在母亲眼前一晃一晃的。随后他变着嗓音，用小孩儿的腔调，嘤嘤地哭起来。

梁涛看到母亲突然起身，看着不停摇晃的攀枝树，紧张地问：

“谁？谁在下面哭？”

梁涛不说话，继续拉动攀枝树，继续哭，声音拖沓、哀婉、悲切。

“你是谁？”

“阿姨，我在找我的头，我的头不见了。”

“别装神弄鬼的。”母亲说，“再不出来我就用石头砸了。”

“阿姨，”梁涛说，“那条狗把我的头叼走了。”

“别在那里装了！”母亲发怒了，用手电照着树下，暴喝一声。还真捡起铁路上的石头，向着桥下的攀枝树猛砸几下。咣当咣当几声，石头滚落到桥下的水沟里。

“阿姨，帮我找找我的头。”看着母气被吓成那个样子还不走，梁涛又做了最后的尝试，说：“没有头，我都不能投胎了。”

这一次奏效了，母亲起身，跌跌撞撞往回跑。没跑几步，人就摔倒在铁路上，电筒抛出去老远，依然亮着。梁涛以为，她会爬起来继续往回跑，她一定被吓得不轻，就算他现在走出去，让母亲看见他，她今后说不定都再无胆量送他上学了。但他还是不想轻易放弃，坐在玉米地里等着，等他的母亲从摔倒的地方爬起来。一分钟过去了，十分钟过去了，母亲开始还有点动静，现在干脆趴着不动了，梁涛这才发觉情况不妙。他从玉米地里跳出来，跑到母亲身边，看到她扭曲着身子，大张着嘴巴，说不出话来。

“你怎么了？”梁涛扶着母亲的肩头，想让她坐起来。

母亲看着他，还是说不出来话，只用手在心口那儿，有气无力地抓了一把，手随后垂了下去，身子也跟着软塌了，一下歪倒在他的怀里。“救命啊！”梁涛被吓坏了，大声喊叫着。铁道上阒无人迹，一片安宁，只有一轮冷月悬在头顶，发出淡淡的清辉，照着无边的大地。

六月之光

是闹铃声把晓云叫醒的。

昨晚，晓云自斟自饮，喝得晕乎乎时，她那帮远在五十公里外的二塘镇上搞同学会的同学，大部分也差不多喝趴下了。晓云倒头便睡，若不是答应班长，请他们中一个来县里办事的，名叫涛的同学吃饭，她都不想起床了。醒来之后，她下意识摇摇头，里面空荡荡的，还有一股时轻时重的疼痛感，在眉心与后脑间滑动。人仰躺着一动不动，脑壳里仍回响着“咣咣”的声音。她想喝水，却冲门喊道：

“几点了？”

“快两点了。”表妹在客厅里说。她刚来县城上初中，晓云让她住在家里，课余时间帮带一下女儿。

“给你留着饭的，”女儿说，“妈妈。”

晓云头扭到另一边，看着窗外。六月的周末，来自草海的风，沿着县城多山的边缘滚过，穿越无遮无拦的菜园，来到她的窗前，拂动她新换上不久的碎花窗帘，也在她裸露的身体上留下一丝凉意。她的肌肤白净紧致，身体曲线玲珑。纵有一大片晃眼的阳光洒落床前，当手指滑过臀部，停留在小腹上，这片清风刚打了个旋儿的地方，她还是感受到一种极致的落寞与荒凉。

“我只想喝水。”晓云想起来，她还没回女儿的话呢。

说这话时，她的思想又滑到另一边，想象着那个叫涛的老同学，不知道已变成什么模样。她对他了解不多。她高考成绩不理想，复读一年。他顺利升入成都的一所院校，彼此再没见过面。听一个对他有所了解的同学说，大学毕业，涛分配到县林业局短暂工作一年。小县城单调的生活和只知道迎来送往、喝酒打牌的民风，让他感到枯燥乏味。听从大学同学的召唤，辞职到南方一起打拼去了。他们说他事业颇有成就，早已在外结婚生子。自把父母接过去住，几乎没再回来。

晓云印象中的涛，一直是个胆小、拘谨、行为怪异的大男孩。上高中那阵子，她常在上学或放学路上看到他。他永远都是走在她的身后，沿着铁路，走了三年。三年都不会跟上她，相互说一句话。中午时分，教室里多半时间只有他们两人。她坐在最前排，他坐倒数第二排，坐了三年，他也没跟她说上一句话。她偶尔回头看他一眼，发现他把头埋得低低的，嘴里念念有词。想起这些，晓云暗自觉得好笑。当然，他的怪异之处还不止这些呢。

搞同学会，是这两年才时兴的。交流平台多了，也方便了，几乎不费什么力气，就能把人召集起来。没事一起吃个饭，分享珍藏的记忆，缅怀逝去的时光。有时晓云会跟他们一起讲育儿经，或拿岁月当遮羞布，彼此放肆地打情骂俏。有时候，她只是静静地坐在一旁，看他们在灯光暧昧的包间里，扯着嗓子唱歌，心里暖暖的。她从不参加大学的同学会，相较于高中，那些时光还不够陈旧，不值得怀恋。大学的同学也太势利了，只会相互比较，坐下来不是说房子、车子，就说股票、基金。她只喜欢跟高中时的同学往来，跟他们在一起，生活才能褪尽浮华和世俗的气息，找到一种发黄了的、纯真的，也是能够慰藉心灵的暖意。

除了昨天晚上的聚会，以前的每一次，只要通知到，晓云都参加了的。负责联络的班长说，所有同学都会来，还有当年的几个任课老师，是全家福。聚会的地点特意选择在中学边上，一个同学开的餐馆里。“这一次意义特别重大。”班长一再向晓云强调，她还是缺席了。昌说找晓云有事，班长来电话之前就告诉她的，说晚上会来找她。晓云是能猜到结局的，她依然选择留在家里。她想今后少一些牵绊，只有见到他了，她才能给自己一个理由，跨过心里那道坎。

昌在组织部门上班，身体颀长，相貌和才能都很出众，高挺的鼻梁还透着一股英气。他有着足够的资本去骄傲，去选择，但还是把目光落在晓云身上。他是真心喜欢晓云的，喜欢她那少妇丰腴的身体，和中学语文老师身上，庄重典雅的气质。他跟她本本分分谈了两年恋爱，就是不跟晓云结婚，原因在晓云女儿身上。昌快四十了，一直未结婚。他不喜欢孩子，何况，还要跟一个并非自己亲生的孩子天天生活在一起。于他，是一件根本不可能的事情。他喜欢晓云，一开始，他就以为，晓云已经生过一个孩子，不会像其他女人那样，婚后，非得跟他生一个孩子。按昌的说法，只要晓云答应他，孩子还给生父，不跟他们生活在一起，他是随时能跟她去民政部门登记的。这于晓云，一样是件不可能的事情。孩子是她生活的中心，是她的命，是她平生唯一的温暖和亮色。

六年了，她们母女，相依为命。一步一步走过来，还会一步一步走下去。

他们谈了两年恋爱，也是给彼此两年时间去考虑。昌是在以深厚的情感为基础，等待晓云有一天会放弃自己的想法，遵从他的意愿。而晓云，她以为，昌不喜欢孩子，是因为他不了解孩子，没有和孩子生活过。她的女儿这么漂亮，精灵一样调皮，聪明，讨人欢心。两年下来，昌说不定不再坚持，会完整地接纳、融入她的家庭。会更加爱她，也爱她的女儿。

晓云为此安排了一些活动，如三人一起爬山、看电影、去游乐场玩。时间充裕时，来一次短程旅行，期待浓浓的亲情能软化他的心。现实终没有晓云想象的那么美好，她看到昌经过一番努力，已彻底放弃。前些日子，有同事提醒，说昌与一个独身女人走得很近。晓云一笑了之，如果昌爱她，心自然是她的，不爱她了，跟谁走得近，又跟谁走得远，跟她没什么关系。不过晓云一直在等，等昌给她一个明确的交代：他们是继续下去，还是就此打住，彼此放手，让生活进入到另一种可能。

昨晚，昌来了，没多说什么话。他们把门关上，无声地拥抱，然后开始亲热。事后，昌趴在晓云身上，哭出声来。晓云抱着他，没说话。他呜咽一会儿，告诉晓云，以后不再来了。晓云明白，昌是来告别的，这不过是一个仪式。昌也明白，依晓云的性格，她的家门，将不再为他开启。

昌让晓云不要恨他，晓云说不会。等他穿好衣服，晓云为他整理一下西服的领子，掸去肩头掉落的几点白屑。告诉他，以后自己好好保重——一个容不下孩子的男人，其实也只是个孩子，不管理由多么充分和隐秘——晓云想要的，只是一个家庭，港湾一样能保护女儿的家庭。两年之中，她也在热烈地回应昌，但她分明感觉到，自己爱不起来。她的心里已经没有爱了，每次她都心怀愧疚，觉得对不起他。似乎她让他接近自己，为的也只是发泄。晓云以为，昌应该反过来恨她才对。

至于即将与晓云见面的涛，他是第一次参加同学会。他都不知道，高中的同学们经常搞聚会。他是漏网之鱼，他们联系不上他。这么多年，他的户口一直没迁，孩子出生后，也是上在老家。到读书年龄了，需回来办众多手续。自己在政府部门干过，他知道其中的复杂和琐碎。主动联系在相关单位工作的那几个，希望他们帮忙一下，才知道有这个同学会。事情太多，每一个环节都安排得十分紧凑。家里的事情处理好了，涛急忙赶往二塘镇，径直找到聚会的那家餐馆。

涛到了，其他人也差不多齐了。杰和明负责签到，不时取笑那些字写得歪七扭八的同学。仪式开始前，涛逐一跟大家打招呼，寒暄几句。班长尹负责主持，他先致祝酒词，又请当年的班主任致辞。酒菜上来了，也是他在调节气氛，场面隆重而热烈。由于第一次参加，涛特意跟几个老师敬一杯酒。回到座位上，听班主任问，今天的聚会，都有哪些人没来。班长回话，说其他人都到了，就差晓云。涛顺着话题，与身边的一个同学，聊起晓云。知道她复读一年，考取省里的师范学校，毕业了，分配到县第一中学。还说她五年前离婚了，至今一个人带着一个七岁的女儿过日子，生活十分不易。或许因了这个，她才喜欢上喝酒的。同学说，以往的同学会，都会有几个男生被晓云喝趴下。晓云是班里女生中，最能喝的一个，算得上女中豪杰。

在同学杂乱的讲述中，涛理出一个大致的头绪。晓云以前的老公叫晁，是晓云的同事，教语文的。非常帅气，有才，对教学很有一套。所带的班级，每年都是全县高考升学率最高的。他被省城的一所重点中学看上，很快办好手续，于六年前调了过去。晁和晓云，还是大学同班同学。虽来自同一个县，四年的大学时光，也只是泛泛之交，只有碰面打招呼或参加老乡会时，一起吃个饭的情谊。有时图方便，也会结伴回家，上下车时，他帮她提行李，她为他买饭盒，仅此而已。他们的恋爱关系是参加工作后才确定的。大学时，晓云也是喜欢晁的。他太优秀，追求他的女生大有人在。晓云自认，她站得再高，晁的眼睛，也是看不到她的。

晓云一旁看着他们在爱情里徜徉，痛苦里纠缠，于身体的不断碰撞和磨合中，恣意挥霍着青春。也看着他们，因毕业和就业问题，劳燕分飞。有人留在省城，有人去到更远更大的城市，更多人像他们一样，循着来路回到县城。晁放眼望去，当初的崇拜者一个都不见了，尽收眼底的，只有晓云。一个在他看来，姿色平平的女子，他只需一个眼神，就能看到晓云的心底。这一眼也让他发现，晓云其实也有着清秀白净的脸庞，浅笑盈盈的大眼睛，甚至比他想象的还要可人。于是又给晓云一个眼神，她就死心塌地跑过来，像一盆水泼在他身上。

女儿是结婚当年出生的，他们跟所有小夫妻一样，过着稳定又幸福的日子。女儿两岁，他调去省城，一切又变得面目全非。刚开始半年，晁节假日时都会回来，跟她一起带孩子，晚上两人纵情欢爱，大有小别胜新婚的情趣。晓云还畅想，组织会考虑她的困难，加上各方面不懈努力，要不了多久，她也会跟着他一起调过去的。晓云后来才知道，自己是在做梦，半年时间，梦就醒了。晁很少回来，打电话催，说教学任务忙。他还参加一个研究课题，脱不开身。晁不来，晓云自己去，轻而易举看到了生活本来的样子。晁的宿舍里，一个女同学，当初他众多追求者中的一个，跟他相互依偎在一起。至于女同学动用家族的力量，将晁调回省城的事，晓云是后来才知道的。

晓云看到的，还有爱情的狡诈、荒唐和残忍，在她把自己全交出去时。接下来，泪水淹没了她人生所经历过的，最为黑暗也最为漫长的日子。晓云就是那时候喜欢上喝酒的，用酒精麻醉自己，对抗世界，不去想那些不开心的事情，也收住杂乱的心念，只关注教书和女儿。

高中同学中，涛还有印象也时常会记挂的，晓云是其中之一。在他看来，晓云那样面容姣好、性情娴静的女子，是一辈子都会过上幸福日子的。哪承想，她竟然离婚了。涛默默喝一杯酒，把心里泛起来的一阵酸楚压下去。

同学会进入下一议程：班主任讲课。班长喊起立，喊坐下，要求把手机都关了。班主任七十岁了，头发花白，目光浑浊，思维不大连贯，意思还是表达清楚了的。他说他很骄傲，他的学生都事业有成，成为对社会有用的人，过了二十年，仍还记得他，关心他，愿意听他讲课，此生再无憾事。说到动情处，他流泪了，一些女生的眼睛也红红的。最后一个议程，是到会的人逐一发表生活感言。专门有人录音录像，事后刻成光盘，每人珍藏一份。

“可惜了，”班长说，“晓云要来，今天更完美了。”

“你们最近谁要去县里呢？”班主任问。

“涛明天去，”班长说，“他去教育局办事。”

“你告诉他，”班主任说，“要她最近来镇上一趟，我找她有事。”

“好的。”涛说。

“高中毕业后，”班主任问，“你们有见过吗？”

“没了，”涛说，“一次都没。”

“那就好好聚聚，”班主任说，“当年，你们之间还有个故事呢。”

“就是，就是。”好几个同学都附和着。

那还是高二的一天中午，杰和明吃过午饭，提前回到学校。涛眼睁睁看着，杰用红色粉笔，在黑板上大大地写上“晓云”二字，明用白色粉笔紧跟着写上“我爱你”三个字。写完了，相互取笑打闹着，跑了出去，很快把这事给忘了。等想起来时，事情已不受控制。提前看到的人们，不知道谁告诉了班主任。没到上课时间，他就来到班里。坐在讲台前，一言不发，冷冷看着每一个进入教室的同学。晓云来得晚一些，看这阵势，趴在课桌上，抽动着肩膀，大哭起来。他也不劝，全班同学到齐了，站起身来，不怒自威地说：

“谁写的，主动给我站出来。”

教室内气氛凝重，没人说一句话。

“中午都有谁在班里？”班主任问。

一个最先到来的同学，指一下涛，说他来的时候，班里就涛一个人。

“你站起来。”班主任说，“你知道是谁写的不？”

涛不说话。班主任壮硕的身板，撑在讲台的两只角上。他板着面孔，神色冷峻，目光直直戳在涛的身上。继续问：

“你有没有看到？”

“没有。”涛垂下头。

“怎么会没有，除了你又没别人。”

“还有其他人在教室里玩，是后来才出去的。”涛嗫嚅着，额头浸出一层冷汗，头埋得更低了。

“他们是谁？你指出来。”

涛没说话，也没指认杰和明。沉默中，听到班主任猛地一巴掌拍在讲台上。同学们吓一跳，纷纷扭头看着涛，希望他说点什么。涛还是不说，班主任说要请他家长，要开除他，都不肯说。紧要关头，还是杰和明，自己站起来认了。这事重新提及，直到今天，涛的固执仍让所有人感到纳闷。晓云认为他是一个怪异的人，也包括这事在内。

“涛，”一个同学说，“你今天可以告诉我们，你当时是怎么想的吗？”

“对我来说，没写就是没写，什么也不说，我也是清白的。何况，我是在给杰和明一个机会呢，他们只要站起来自己认了，性质就不一样了，老师最终会宽大处理的。对吧，老师？”涛有些头晕，脸上红扑扑的。

“是的，”班主任说，“我那么严厉，不过是为教育你们，学习为重，不能早恋。”

“我看不是，”杰说，“你不说，是因为我们说出了你的心里话。你愿意背黑锅，乐于背黑锅，就是想向晓云表明你的心意。”

“没有你说的这么复杂，”涛说，“你太不识好人心了。还不罚酒？”

“就是，就是。”又有几个同学附和说。

班长随即宣布，边上订了包房的，想喝酒的继续喝酒，要唱歌的，可以先行过去。班主任和其他老师，想着自己在场，学生们玩不畅快，说要提前回去。大家纷纷起身，涌到餐馆门前欢送老师。班主任颤颤巍巍地跟大家握手，握到最后一个人时，眼泪流了出来。一个女同学赶忙拿出纸巾，为他擦去。

涛没唱歌，也没继续喝酒，他已经醉了。同学们在餐馆对面的旅馆开一间房，几个人把他抬过去，放在床上。涛醒来时也是半夜，手机上有两个未接来电和一条短信。电话是妻子打来的，应该是询问办证的事情，他没有回拨。差几分凌晨三点了，不想影响她休息。说不上几句，不是他先发火，就是妻子先骂人，没有意义。另一个是陌生号码，他没有多想，看了短信才明白，是晓云发来的，说：

“班长来电话了，说你明天来县里。办完事联系我，一起吃个饭。”

放下手机，涛感到口干舌燥，想喝水。拿起放在墙角的温水瓶摇了摇，是坏的，里面的内胆发出沙沙的碎响。旅馆没备瓶装矿泉水，也无烧水的设施，他开门出去，想买一瓶饮料。宽阔的街道上黑黢黢的，没有路灯，没有一家店铺开门营业。回到床上，翻来覆去，心里充满了忧伤和愤恨。醒来那阵子，发现自己一人，冷冷清清躺在旅馆里，惊慌得几乎要骂出声，骂他的那些高中同学。他们只顾着自己欢乐，丢他在旅馆里，门都不锁，置他的生命安危于不顾。昨夜以青春的名义举行的同学会，大家凭着的，似乎只是记忆，而非情谊；怀念的是一段时光，而非哪一个人。酒酣耳热时说过的话，现在想起来，都是那么虚假，没有意义。

有一阵子，不说话，也不跟人喝酒，他静静坐在一旁到处乱瞅，却未真切端详过哪一个人，他觉得他们都不真实。当年生龙活虎地拍着桌子骂他的班主任，现在出的气比进的多。头发花白，眼神浑浊，双手不停地颤抖。至于同学们，发际线都在往后退。男生们有雄性骨骼撑着，多少还有些英气。女生们惨不忍睹，怎么化妆，二十年的沧桑都堆在眼角；又无半分矜持，跟男人们在酒桌上大呼小叫，挨挨挤挤。当年欲说还休的少女，转眼变成市井大妈，咋咋呼呼的。

他们中的许多人，毕业了也是常见面的。这一切的变化，对他们来说，是自然而然的事情。是生活中每天要面对、参与、经历的。对于涛，这一切，时隔二十年后，似一把斧头，突然砍进心里。看着他们，倏然间，会觉得自己比实际年龄，老了十岁。再看这个小镇，已完全变了样子。以前的麦田，部分建成房子。

路拓宽了，新修了许多岔道，通往一个个统一规划好的住宅区。但一股无路可逃的悲哀，从涛的心里，隐隐升起。他一点都没想到，回到自己最初出发的地方，人一样容易迷失和沦陷。

当初一起去南方的同学，除了他，别人都已离去。他早已有回归之心的，老婆不愿意。她是河南人，自小在华夏腹地和天下粮仓长大，打死也不会跟他回到这种穷山恶水的地方，他们为此没少吵架。不知是第几次恋爱失败时，他才认识她的。她在一家房地产中介做经理，他找她帮忙租房子，一来二去，有了那个意思。他要找一套两室一厅的公寓，她帮忙租下后，也跟着住进去。他们的结合谈不上爱情，只是出于生活的需要。城市里求生，不成为彼此的负担，日子才有奔头。至于爱情，他们认为这是可以慢慢培养的。现在天天吵架，从他把父母接过来住就开始吵，生孩子后，吵得更厉害。真培养出那么一丁点，已吵得无影无踪了。

主要是为房子吵，她怨他不能给她买一套房子，再小的都可以。有了房子，在城市才算有了根。跟同学创业失败后，他应聘到一家港资贸易公司，从一个普通管理人员做起，现已当上市场部经理。通过他牵线搭桥卖出去的钢筋水泥，不知能建起多少高楼大厦，却没有一套属于他的。他的生活，一点不像别人传说的那么光鲜亮丽。老婆一开始，对他还有所指望，眼见着楼价节节攀升，他一月万儿八千的工资，一家子吃喝下来，什么也不剩。她的脸一天天冷下来，也一天天变得暴戾，回到家就拿他出气，嫌他没有出息。随便一点小事，都能引爆家庭战争，让双方精疲力竭。拿房子说事，其实是出于对未来的莫名恐惧。作为男人，不能让自己的老婆生活得有安全感，他是能理解她的，也是能忍受的。但她不能把她们家里的人拉进来，一起对付他。尤其她的哥哥，一个炒房子发了财的暴发户，带几个人来，逼着他跟她离婚，说他妹妹还小，不要把她的一辈子耽误了。他没有理他们，他一句话都不说，他们也不肯放过他。要不是父母以命相逼，他们就要动手打他了。事关男人尊严，他于半年前，带着父母搬了出来，住到边上另一个小区里。儿子跟着老婆住，五岁多一点，眼看就要上小学了，需他出面准备很多材料。要不是因为这一点，她都不会跟他说一句话，他们都有三个月没见过面了。从这几天的交流来看，她的情绪平复了一些，偶尔还会说两句知冷知热的话语，使他感受到，夫妻间残留的一点点情义。这一切，涛只装在心里，从不会向任何人提起。想着明天还有许多事情，他便开始强制自己，至少得睡一两个时辰。睡着前，他也没忘给晓云回一个短信，说：

“好的，一定。说不定明天还得请你帮忙呢。”

晓云的短信很快发回，几乎同时，他们都醒着，想着各自的心事。说起来，晓云还真帮了涛的大忙。他要办的最后一份材料是就学联系函，赶到教育局却发现办公室根本没人，是门口的保卫提醒，才意识到今天是周末，没人上班的。他早已买好返程车票，打算跟晓云吃个饭便坐火车回去。苦于没法，想着晓云是县一中的老师，与教育局的人多少有点往来，便致电晓云。晓云笑了，让他别急。她同事的老公，正好是教育局管这事的。对她来说，只是一个电话的问题。

半小时后，一个留平头的中年男人赶来，笑眯眯把涛领进办公室。男人问清楚涛妻儿的姓名及孩子的出生年月后，给他倒一杯水，让他在沙发上候着。不一会儿把盖有大红印章的就学联系函交到他手里。一出教育局大门，涛又致电晓云，向她表达万分的谢意。

“我们是老同学了，你还跟我客气。”晓云问，“你不来家里坐坐吗？”

“下次吧，”涛说，“你出来一起吃个饭，待会儿我还要赶火车呢。”

遵照晓云指示，涛沿教育局门前的公路，往前走七八百米，找一家餐馆先坐下来。想着二十年没见了，岁月已换了容颜。中间又无任何交往和过渡，话都不知该从何说起。为避开晓云推门进来，两张陌生面孔面面相觑的尴尬局面，涛来到餐馆门前，恭候着晓云。一支烟工夫，晓云乘出租车赶到。涛一旁看着，认出她来。还是大眼睛，长头发，白皙的面容保养得很好。身材也还那么苗条，甚至比以前更加凸凹有致。担心晓云认不出自己，涛向前几步，来到晓云跟前。他没跟晓云握手，尽量装得坦然一些，笑着说：

“嚯，你真快。”

“急着见你嘛。”晓云看着他说，“看，打的来的。”

许是先前通过几个电话，大家又是老同学，有着自然的亲近感。晓云说话率性，俏皮。涛听了，心里释然许多，引着晓云往包间走去。涛在前，揣摩着晓云看到他后的心理。他早已不是高中时那个总穿补丁衣服，头发刺拉拉的毛头小子。一米七几的个头，穿着笔挺的黑西装，多少都有点男人的英武和坚毅。菜是晓云点的，没征求涛的意见，又点一瓶高度的白酒。服务员去下单了，才问涛：

“喝白酒没问题吧。”

“可以的，”涛说，“昨晚喝太多，我都醉了。现肚子里还全都是酒，怕陪不了你几杯。”

“我昨晚也醉了，”晓云说，“再说，我一个女的，你有什么好担心的。”

“难怪不去参加同学会，”涛说，“原来你还有其他约会。”

“还真有个约会，”晓云说，“不过，我是晚上一个人在家把自己灌醉的。就两杯我就醉了，没什么酒量。”

“他们说你是海量呢，一个人喝酒也能喝醉？”

“失恋了嘛。昨晚我刚结束了一段两年的感情。”

印象中，失恋是未婚男女才玩的游戏。涛出了会儿神，才想起晓云单亲妈妈的身份。他的心突突跳一下，不知说点什么好。为转移话题，便开始给晓云介绍昨晚同学会的盛况——除大家追问他为什么不举报杰和明那一段——全部告诉了晓云。

“可惜了，”晓云说，“我应该去的。”

刚开始坐下来时，确有那么一点点生分和疏离，很快就被热络的气氛掩盖住了。随着酒菜陆续上来，他们边吃边喝，像其他多年不见的朋友见面一样，开始询问对方的各种情况。多半是晓云在问，涛昨晚已听同学们介绍过晓云的大概状况了，不敢多问，怕在她的伤口上撒盐。在他看来，一个单亲妈妈的生活，其中的曲折和不易是可以想象的，许多方面也是不便与人诉说的。

酒精刺激下，等晓云告诉他，她为什么会离婚时，气氛已变得融洽而热烈。她把什么都告诉他，直截了当地，就像突然告诉他，她昨天刚刚结束一段恋情一样，有时他都来不及反应，她就开始说起另外的事情，对他一点都不设防。涛也没把晓云当外人，喝着酒，将自己高中毕业后的经历和盘托出，似乎她是他一直在寻找的倾诉对象，包括他的家庭、婚姻，及已与老婆分居的事实。等他说到他的下一步打算和想法时，晓云打断了他。说他是男人，就该多担当一点，不到万不得已，最好不要离婚。

“你无法理解，离婚对一个家庭的冲击有多大。离婚了，家庭也破碎了，别说没房子，就是有房子，那又有什么意思呢。不明白你们为了房子，也能吵成这个样子。”晓云说，“一旦离婚，妻子失去丈夫，丈夫失去妻子，孩子失去了一个完整家庭所能给予的全部的爱。离婚的选择不是孩子做出的，但孩子才是最大的受害者。”

晓云看着他，神情似乎在说，她说的一点不假，她自己就是最好的证明。也不等他有所表示，又啜饮着白酒继续说：

“我还是第一次告诉别人，当初如果没有女儿，我就不会再回来了。”

晓云说的是她带着女儿到省城，寻找老公的事情。她说，离开老公宿舍后，她没有带着女儿直接回到县里，而是在他们学校边上，找一家宾馆住下来。宾馆的窗户直接对着学校的大门，能看到老公从那里进进出出。她让女儿趴在窗台上，多看他几眼，以后，她就不会再去省城，女儿也就难见到父亲了。她买了许多面包和酸奶给女儿，让她饿了自己随便吃。她自己躺在床上，不吃不喝睡了三天三夜，想清楚了很多事情。三天之后，她才起身带女儿回家，一路上不断告诫自己，以后不会再跟任何男人讲什么情啊爱的，累得很。她说，不管是谁，只要人家爱我，愿意跟我安安分分过日子，给孩子一个稳定舒适的家就可以。真的，你不知道，对于女人，对于孩子，一个幸福美满的家庭有多重要。再说了，这个世界哪来什么爱呢，全是自以为是，自欺欺人，

说这些话时，晓云并不看涛，似乎在为自己当初的决定而后悔。涛本想说点什么，表达惊讶之情，见晓云一副欲言又止的样子，赶忙闭上嘴巴，怔怔地看着她。夕阳已然西下，仍有一片红光，穿透天际的薄云，弥漫在县城蜿蜒的街道。一大块影子，穿过包间的窗户，洒落在餐桌上，映照着晓云搁在餐桌上，准备随时举杯畅饮的那只手。这只手瘦小、白皙，由于长期紧握粉笔在黑板上写字，拇指、食指和中指的第一道关节，都比常人弯曲得多。话到动情处，这只手还会在餐桌上支棱起来，随意在杯盘上空划拉一下，加重语气。他出神地看着她在说话的间隙，用舌头轻轻抿着线条单薄的嘴唇上，回旋着的酒味，然后兀自一笑，接着说：

“我会在汽车站随便坐上一辆什么车，去到一个谁也不认识的地方，一个人生活下去，终了一生。”

涛的心里一震，他知道，晓云确实能做出这样的事情。看到她话毕，娴熟地抬起酒杯，把酒一饮而尽时，他更是坚信。晓云

有点醉了，眼神变得迷离。她不经意用小拇指，勾住一缕凌乱的发丝，往耳背捋时，涛似乎又看到她初中时的影子。看得出来，再次的感情受挫，也让她对婚姻无比失望，渐渐失去重组一个美满家庭的信心。他很想说几句话宽慰晓云，但他无法确定，晓云是不再相信爱情，还是不再相信男人。几经斟酌，才小心翼翼地说:

“每一个人生活中，都有几道坎是必须跨过去的。跨过去了，也就好了。”

“不，不是这样的，”晓云反驳他说，“别人跨得过去，只因为那只是一道一道的坎，而我面对的，是一座大山。我这辈子，怕都难以翻越了。”

“或许，你只是还未遇见那个真正爱你的，你也更加爱他的男人。”

“那我最好永远都别遇上。”晓云笑了，觉得他一个大男人说这样的话，听起来很酸，也很土。她说：“对我来说，爱得越深，伤得越重。”

“你这么好的人，不应该自暴自弃。”

“我好吗？你觉得我好？”

“是，从来都是。”

“就算是吧，那又如何呢。我也不想就这样放弃，可结果呢，是一次又一次的伤害，没完没了的伤害。”

“你就不为孩子想想？”

“她已经七岁了，非常懂事。上幼儿园时，还会问我，她为什么没有爸爸。现在，她从不在我面前说到这两个字。电视里有这样的情节，她都会赶快换台，不想让我看见，惹我伤心。”

“这反倒说明她很在意……”

“没事的，我已经习惯了家里没有男人的日子。她也一样，慢慢会适应的，我们家已不需要男人。”

“你刚才不是还在劝我吗？”

“我是覆水难收，你是一息尚存；我们之间的情况千差万别。”

看来，他是不可能说服她的，再次的感情破碎让她遭受沉重的打击，内心反应十分激烈。他去了趟洗手间，让她趁机恢复一下情绪。回来后，晓云的神色已不似先前那么凝重，还笑着问他吃饱了没有，要不要再点些别的。他说够了，不用。重新坐下后，他往晓云的碗里夹了几根青菜，对她说：

“不说那些了，太沉重。说点轻松点的事情。昨晚酒场上，很多人也都在说这个话题，大家都想知道，那时的小男生小女生们，都喜欢班上的哪一个人。”

“你是想问我，有没有喜欢过班上哪一个男生？”

“是。”他抬起酒杯，要跟晓云碰一下，让她喝一口酒，想清楚了再说。

“有什么好想的呢，我喜欢过我们班长，还给他送过笔记本。”

“真的啊，”他说，“他知道吗？”

“应该知道吧，哪有女生无缘无故送男生东西的。”

“他怎么回应你的？”

“什么都没有。臭男人——明白了吧，我的爱，一开始就是一种自我伤害——对了，不说这个了。说说你吧，你喜欢过谁？”

“我就不说是谁了，”他说，“我只告诉你我是怎么喜欢她的。”

“好。”她说。神情放松下来，做好了倾听的准备。

“我们家离学校十几里，”他说，“那时特别胆小，怕黑，每天都是我妈送我上学。一走到铁路桥上，我就停下来，催她赶快回去。她走后，我会在铁轨上坐下来，隐身在夜色中，不发出一点声响，静静地看着冶炼厂的方向，等着我们班我特别喜欢的女同学。一年之中，我最喜欢的是昼长夜短的六月，那段时光短暂而美好。我一声不吭坐在铁轨上，听着稻田里的蛙鸣和二塘河哗啦啦的水流声。过不多久，女同学的父亲会打着手电，沿着一条田边小道，把她一直送到铁路桥上。一看到远处闪出手电的亮光，我的心会突突地跳，血也往脑门上冲，有一种想要跑下去迎接他们的冲动。我不敢这样，我甚至不会让他们看到我。我会往后退几百米，让女同学的父亲把她往前送一程，再加快脚步跟上去，保持百十米的距离。这样跟着女同学，一直走到学校。到了中午，其他同学都回家吃饭了，班上只有我们两个人时，她坐在最前排，我坐在倒数第二排。我假装看书，眼睛却巴巴地盯着她。她瘦小的身子，光滑洁白的脖子，都会让我心动不已。放学了，我就提前走到操场边等她，像早上一样，看她往前走一程了，跟上去，一直跟着她，走到铁路桥上。我又坐在铁轨上，看着她，沿着田边小道，慢慢走去，一直到她走得没影了，我才起身回去。那时，天差不多又要黑了，看着哪里都影影绰绰的。我从未告诉女同学我喜欢她，也许是胆怯，也因为自卑。等长大了，老土点说，是因为种种机缘吧，我一直再未见到她。生活又动荡不安，许多话想跟她说，却已经没了机会。不可置疑的是，那是我今生所能付出的、最诚挚的爱，也是我心里，最凝重的阴影，从未从心里抹去。那是一个男人初始萌动的情愫，却没机会表白，深埋在了心里。一个人，你只是看着她，一句话不说，都会爱得不能自已。我谈了很多女朋友，没有一个人，包括我现在的妻子，能给我这种感觉。说到底，我一边跟她们谈恋爱，一边却在排斥她们，拒绝她们每一个人，真正走进我的心里。现今，仍然如此。”

他嗓音低沉，说得舒缓有致，非常动情。晓云深受感染，呷一口酒，又深深吸一口气，看着涛。对他说：

“你说的是我吗？”

“不是，”他说，“不是你。”

“我怎么觉得你说的就是我啊！”

“真的不是，”他说，“真的。”

她看着他，用眼睛告诉他，她明白的，她知道他想说的是什么。未等眼里的泪水涌出，她就急忙抹去，起身把两人的杯子倒满。他们抬起来，在菜盘上方响亮碰一下，然后，一饮而尽。

都是现实与历史的一部分

锅圈岩是一个真实存在的天坑，藏身在我的故乡，乌蒙山莽莽苍苍的群山之中。我的母亲出生在锅圈岩附近的一个村子里。村子的名字具体是哪三个字，我一直不知道。小说中，我以近似的读音，给村子取了一个名字：四梨树。在我还没有清晰认识到要集中写一批小说，为自己构建一个文学版图，或者是虚构一个文学故乡前，我就以四梨树村的轮廓，写过一篇小说，收录在这个小说集里的《告密者》便是。小说中，我让这个村子变得更加闭塞与落后，生活在村子里的人们也更加蛮横与无理。至今，我的舅舅、姨妈家，还住在四梨树，他们开枝散叶的子子孙孙，也生活在四梨树。

上初中之前，我经常去四梨树，由舅舅、姨妈家的表哥带着，下到锅圈岩里，为生病在家的父亲挖一种长得像芋头的中药。这本小说集中的《小舅母和苏小米》，是最接近于现实的一篇，我用半虚构的方式，记录下那时候的许多事情。小舅母是如锅圈岩一样的真实存在，我在小说中对她的描述也是真实的。她就像她们家后山上的石头，几十年过去，模样都没有什么变化。这让我吃惊不已。于是，我把她带到《锅圈岩》里，带到《从四区到四梨树》里。在我构思的其他与四梨树村有关的小说里，也会有部分小舅母的影子。她的真实存在，让我小说中传达的真情实感变得更有力量，让我笔下的四梨树村以及四梨树村生活着的人们也变得更加真实。小舅母就存在于现实与虚构之间，作家与人物之间，是她，把我们彼此连接在了一起；抑或说，她的存在，让一切虚构的事物、人物，有了一个可以依附的点，让这些要素在我的文字中自行聚合力量，像四梨树村祖祖辈辈生活着的人们那样，开枝散叶，传承希望。如果没什么特别的事情，四梨树村的人也不会下到锅圈岩里。毕竟在一条狭窄的挂壁小路上爬上爬下，还是有一定危险的。可以说，我比大多数四梨树村人下到天坑底部的机会都要多。

锅圈岩于我，是一个充满童趣与野趣的地方。那时候，我年纪小，没什么力气，在荆棘丛中出力挖中药的是表哥们。我只是四处看看，看倒挂着的蝙蝠，看嗷嗷待哺的燕子，或者呆呆地看着悬垂着的各种形状神奇的钟乳石，想象它们彼此之间，有什么关系。有时候，我会把石头打在天坑石壁上，还会幻想钟乳石突然掉下来，砸在自己头上的惨烈场景。很多时候，我们都会背着一袋土豆，肚子饿了，就捡一捆柴火，把土豆烧熟来吃。渴了，就喝石壁上流出来的泉水。那时候，我忘记关心表哥们是否辛苦，也忘记关心父亲的病情，以及学校里那些让我烦心的事情。锅圈岩似乎是一个世外桃源，可以让我忘记尘世间的所有纷扰。也因了这个，锅圈岩在我的记忆中，是一抹温暖的亮色，在我记忆的深处，发出微弱却永不熄灭的光芒。这也是时隔二十多年之后，我回四梨树村看望小舅母时，又再次下到锅圈岩里，走一走，看一看的原因。

锅圈岩还是锅圈岩，唯一不同的，是天坑底部被人种上了粮食。接近出口的地方，有个进深丈余的溶洞，被烧得乌漆墨黑。当年曾多次带我下过锅圈岩的表哥说，洞里死过一个人，是四梨树村的，那人没地方住，搬到锅圈岩来。一进来，再没出去过。死了，也埋在锅圈岩里。地是他种的，他死了，又被愿意种的人捡了去。洞里死过人，种地的人爬进爬出觉得晦气，放一把火，把原本留存在里面的几件原木家私和床铺都烧了，连留下的少许玉米和土豆，也一起烧了。我在洞口瞄了一眼，看到几个逃过劫难的土豆，几根青绿的嫩苗，从石头旮旯里，顽强地伸出头来。

这就是我写《锅圈岩》的缘起。王全这个人物的原型，是我认识的几个熟人的结合体。小说写完之后，王小举老婆这个人物，又引起了我的兴趣。她让我想起了我小舅母的二儿媳妇，她给二表哥生了一个男孩之后，某一天忽然消失了，再也没有回到四梨树村，二表哥至今还是单身。我对二表嫂没有任何了解，甚至都忘记了她叫什么名字。只记得她长得矮、胖、壮、黑，爱笑，来过我们家几次。听母亲说，她是经别人做媒，从四区嫁到四梨树村的。四区是旧称，现在叫龙场镇。上高中时，我有一个同学是四区的，去过那边一趟。印象中，四区到处是郁郁葱葱的山，偶尔能看到一个荒凉的土堆，耸立在道路边，风一吹过，尘土飞扬。四区居住的多半是回族人，村子建在有水的地方，一个村子，百十户人家。我便是带着这样的印象写四区和吕小琴的。此外，我不曾了解过她的任何身份信息，我感兴趣的是，一个人，怎么就能凭空消失了，对她的丈夫和儿子来说，跟从未存在过一样。于是，我为她写一个故事，给她一个消失的理由，这就有了《从四区到四梨树》这篇小说。

以上提到的几篇小说里，真实存在的人物，除了小舅母，还有吕小琴的小姨妈，原型是我的小姨妈。我至今没有见过自己的小姨妈，在很小的时候，她跟着三线建设时期到我们那儿修铁路的一个云南人跑了，听说她的新家在北盘江边的大山上。那里几十年不通公路，山高路远，小姨妈又不识字，一个人几乎没有能力回到自己的故乡。相互之间找回关系，有了往来，已是儿女长大成人之后的事情。我让吕小琴去看望她的小姨妈，也是想通过文字，以文学的方式，看望自己的小姨妈。

在这些小说里，我还下意识写到了一个地方，二塘河谷。这是我出生与成长的地方，我让四处游荡的王全和喜欢赌钱的王小举，一次又一次去到那个地方，给大家带来二塘河谷的各种信息，希望大家慢慢熟悉，并由此找到通向我其他小说的路径。在这本小说集所收录的其他几篇小说——《冷月》《六月之光》《青鱼》中，我都不约而同地写到一条河流——二塘河。在河里游泳的儿童、涉水过河去读书的少年、听着河流的涛声回忆往事的中年，死后埋葬在河边的尸骨，他们的血液里，都奔腾着这同一条河流。

二塘河是乌江最大的支流，它蜿蜒着从我们威宁县的东风镇、二塘镇、猴场镇穿过，也从六盘水市的中山区穿过。与之相伴的还有一条公路，河流怎么弯曲，公路就怎么弯曲，凡是拐弯的地方，都有一个小小的冲积平原。二塘河谷两岸的人们，播种小麦、大麦和稻谷，大多都在这些冲积平原上。附近的山上也会有一些零零散散的土地，但太过贫瘠，只能种点土豆、黄豆、玉米、燕麦和荞麦。地里灌溉的水，大多来自二塘河，也有部分来自二塘河的各条支流。伴着二塘河蜿蜒伸向远方的，还有三线建设时期修建的成昆铁路支线。我们那里盛产煤，煤矿、冶金厂、火电厂、钢铁厂相继而生。但这些工厂都不属于我们二塘小镇，它们属于六盘水的钟山区。

我们的小镇，与钟山区犬牙交错，河流拐一道弯，地盘属于毕节市的二塘，再拐一道弯，又属于六盘水的钟山。一条公路，属于钟山区的地方，铺了沥青，修得平平整整；属于二塘的地方，还是土路，坑坑洼洼，一下雨，就堵车，根本走不了。更神奇的是，紧挨着的两户人家，分属不同地市，打个电话，都是长途。光是这些，就让二塘河谷比四梨树村，更加广阔，也更加复杂，更有韵味。

我想要用文字重新塑造的文学故乡，是二塘河谷。我更多的亲人，以及中小学认识的每一个同学，都生在二塘河谷，葬在二塘河谷。河谷两边，挨着我们村子的每一个山头，我都上去过，打过柴，逮过兔子，捡过菌子，也偷过木头。突发奇想了，我们几个孩子结伴，溯溪而上，翻山越岭地找着溪流的源头，亲眼见识一下，地下暗河是怎么从石头缝里喷涌出来的。还会骑着黄牛，拼命撵赶其他村子的女孩。每一个放牛娃心里，都有一个心仪的对象，大家结伴而行；女孩们也一样，每到放牛时刻，都很有默契地赶着牛，往一个山头走。哪天出了差错，跑错地方，便用口哨相互招呼，再骑着牛从这个山头撵到那个山头。属于两小无猜，连恋爱都算不上，有时候还会因为各种事情打上一架。年纪大一点的，也会真的成了情侣，结婚生子，过着说不上幸还是不幸的生活。

我是2015年回乡探亲的，或许因为间隔着二十多年的烟尘，看望小舅母那一次，看到了故乡以及生活在故乡的人们的变与不变，才开始用文字的方式，去回望故乡，并塑造一些人物形象。从基础设施、道路、人们居住的房屋等方面来说，故乡变得更现代，更时尚，更城市化了。可许多人的精神面貌和思想境界，还停留在过去的日子，收入也没见得增加了多少。反倒是土地一再被征用，许多人过着无所事事的日子。这还算好的，那些居住在大山里的人们，依然那么贫穷。似乎跟二十年前我离开故土时，没什么区别。人们被时间尘封在某一个点了，每一天都过着重复的日子，就连人的模样都没有太大的变化，二十年前看到他什么样子，二十年后还是什么样子。一样要结婚生子，可许多人家，子孙之间，也是在重复着长辈的日子。

看着这些，有的道理我能想清楚，有的却不能，或者想明白了，也不能直接说出来。他们无疑是平凡的，可也是鲜活的，跟别的地方的人一样，流着鲜红的血液，是值得书写和记录的。云贵高原越是浩渺，乌蒙山越是辽阔，他们越是退隐到大地的最深处，其与众不同的生活及不可捉摸的命运，越应该被更多的人知晓。于是，我通过文学来表达，我不判断是非曲直，更不敢妄称意见领袖，我只是用文字，呈现原汁原味的生活。文字本身有自己的颜色、气息与味道。我知道，每一个看到的人，都有自己的价值体系；每一种价值体系，都会得到自己想要的主题判断，于我，这就够了。

这本小说集，只有10多万字，但是我写下的与二塘河谷有关的小说，字数远不止这些。集子中的《对视》似乎有点不合群，但这也是我思考的结果之一。集子中的《太木路》也是这样，我也给它安排了一个来自二塘河谷的人，并在这篇小说里，借人物之口，缅怀安葬在二塘河谷边山丘上早已逝去的我的父亲、母亲和姐姐。

这些至亲，加上反复提及的小舅母、大表哥、二表嫂、苏小米等，他们与我虚构的人物王全、王小举、吕小琴、憨憨等一起，第一次以集体的形象，呈现在世人面前，让大家熟识。希望看到的读者，都像我一样喜欢他们。书中有的地方，为服务故事，或是出于文学的艺术考虑，在虚构的基础上，有一定的夸张或变形。若某些人看到了，心里会有稍许的不适，也敬请体谅。我还会在后续的著作中，陆续推出更多来自二塘河谷的或者真实或许虚构的人物。这确实是我一个文学化的故乡，跟任何人的故乡一样，它会有这样那样的不足，会让人疼爱，也会让人憎恨，但这都是现实与历史的一部分，具有同等的价值。

最后，诚挚感谢广西师范大学出版社，还有给予我大力支持的陈再见老师！

宫敏捷

2018年7月4日